南阳青年作家丛书

# 守望星群

张中坡 著

中原出版传媒集团
大地传媒
大象出版社
·郑州·

**图书在版编目(CIP)数据**

守望星群 / 张中坡著.— 郑州 : 大象出版社,
2016. 2
(南阳青年作家丛书)
ISBN 978-7-5347-8722-5

Ⅰ. ①守… Ⅱ. ①张… Ⅲ. ①中国文学—当代文学—
文学评论 Ⅳ. ①I206. 7

中国版本图书馆 CIP 数据核字(2016)第 001260 号

南阳青年作家丛书

**守望星群**

张中坡 著

**出 版 人** 王刘纯
**责任编辑** 张韶闻
**责任校对** 牛志远 李婧慧
**装帧设计** 付锬锬

**出版发行** 大象出版社(郑州市开元路 16 号 邮政编码 450044)
发行科 0371-63863551 总编室 0371-65597936
**网 址** www.daxiang.cn
**印 刷** 郑州瑞光印务有限公司
**经 销** 各地新华书店经销
**开 本** 787mm×1092mm 1/16
**印 张** 14.25
**字 数** 171 千字
**版 次** 2016 年 2 月第 1 版 2016 年 2 月第 1 次印刷
**定 价** 35.00 元

若发现印、装质量问题,影响阅读,请与承印厂联系调换。
印厂地址 郑州市二环支路 35 号
邮政编码 450012 电话 0371-63956290

# 总　序

南阳是国家历史文化名城,文化底蕴厚重,文化资源丰富,文化名人辈出。理清南阳文化发展的脉络,才能更好地探寻南阳文化发展的道路与方向。通过这几年对南阳的了解与感受,我认为文化是南阳最突出的城市符号,是南阳未来发展的宝贵资源。

南阳是汉文化的昌盛之地,其标志性无可取代。早在战国时期,南阳就是全国的冶铁中心,农业、手工业都十分发达。西汉时,南阳"商遍天下,富冠海内",为全国五大都市之一。东汉时,光武帝刘秀发迹于此,故南阳有"南都""帝乡"之称。经济的繁荣有力地推动了文化艺术的发展和昌盛。两汉、三国时期南阳名人荟萃:张衡的科学成就举世称誉,因而他被列为"世界十大文化名人"之一;以医圣张仲景为代表的汉代医药文化是中华民族乃至世界医药文化宝库中的瑰宝;足智多谋的军事家诸葛亮成为人类智慧的化身。南阳的文学、乐舞、绘画、雕刻等艺术门类异彩纷呈,各领风骚,在整个汉代文化艺术中占据着举足轻重的地位。特别是最能反映汉代艺术水平的南阳汉画像石和汉画像砖,朴素而不单调,豪放而不粗疏,被世人称为"东方艺术宝库"。

南阳是河洛文化、荆楚文化和秦巴文化的荟萃之地，其多样性特色鲜明。南阳文化既有河洛文化的典重质实，又有荆楚文化的清奇灵巧，还有秦巴文化的苍凉豪放。这是南阳自古以来优越的自然环境、发达的水陆交通和良好的社会经济环境决定的。南阳境内河流纵横，山川秀丽，是长江、黄河、淮河三大水系的分水岭和南北气候的分界线。从春秋战国时期起，南阳郡为秦、楚等国与中原各国的交通枢纽，由关中向江淮此乃孔道，由伊洛向荆襄此乃要冲，既是南北交通的咽喉，又是西北通往东南的必由之路。发达的水陆交通和优越的自然环境不仅为南阳的经济繁荣提供了得天独厚的条件，更为河洛文化、荆楚文化和秦巴文化在这里的交融与发展奠定了基础。

南阳是文脉相承的兴旺之地，其稳定性十分罕见。得益于优越的自然环境和区位优势，并且较少受到战争的影响，自古以来南阳文化都十分发达，兼容并包，千姿百态。兴旺的文脉如长河奔流滔滔不息，从未中断。自两千多年前到现在，南阳可谓“江山代有才人出，各领风骚数百年”。以科圣张衡、医圣张仲景、商圣范蠡、智圣诸葛亮这“四圣”为代表的历史文化名人灿若群星；“二十四史”里有记载的南阳历史文化名人超过800人。到了现当代，南阳名人仍然层出不穷。目前，仅南阳籍两院院士就有19人，占河南籍两院院士的三分之一。另外，还有以姚雪垠、二月河等为代表的南阳作家群等。

先辈留下的丰厚文化资源为我们开展文化建设提供了得天独厚的有利条件。我们要在传承和保护南阳厚重文化的基础上更好地创新与发展，充分发挥文化引领风尚、教育人民、服务社会、推动发展的作用，使文化成为实现南阳跨越式发展的新动力，成为南阳城市发展的终极竞争力，这是我们共同的历史使命。人类前行到今天，“文化是根，文化是魂”的共识更有力地彰显出文化本来应有的鲜明印记。如果说文化是人类改造客观世界过程中创造的精神成果的总和，那么，一个国家对民族精神的塑造肯定是文而化之的结果。在这个过程中，文学无疑充当着十分重要的角色。它不仅是民族精神最形象、最直接、最生动的体现，而且也考量着人类社会发展的文明程度。毫无疑问，南阳作家群在南阳文化建设方面发挥着积极的推动作用。南阳现有国家级作协会员30人、省级作协会员340人、市级作协会员450人，其中在全国知名或有相当影响的就有十数人。南阳作家群以整齐的阵容、众多的人数、独特的作品在中国当代文坛筑起一道亮丽的风景线，不仅成为文学豫军的重要力量，而且在中国文坛具有相当大的影响，是南阳当之无愧的文化名片和南阳人的骄傲，堪称南阳文化建设的一面旗帜。

近年来，南阳市委、市政府高度重视并支持南阳作家群的发展。为建设人才队伍，培养文学新人，南阳成立了文学院，加强了《躬耕》杂志、《南阳日报·白河副刊》等文学阵地的建设，为南阳的文学创作营造了良好的环境。全市广大作家坚持以人民为中心的创作导向，深入生活，扎根群众，创作了一批精品力作。这次我们从南阳老中青三代作家中遴选出35位代表，将其优秀作品以“南阳青年作家丛书”和“南阳作家自选集”两套丛书的形式结集出版，这是南阳文学发展史上空前的举措,旨在助推南阳文学创作,全面系统地展示南阳当代作家的整体实力,为南阳转型跨越、绿色崛起提供强大的精神动力和文化支撑。希望这种助推能够成为南阳作家投身文学创作的新动力,期盼各位作家在个性化的文学创作中获得更大的成功。

中共南阳市委常委、宣传部长　王新会

2015 年 11 月 19 日

# 目　录

# 自　序

张中坡

人的生活，不外乎物质生活和精神生活两个层面。

当下国人的生活，似乎越来越重视和追求物质生活，往俗处去说，一个人于滚滚红尘中费尽心机、辛辛苦苦、忙忙碌碌，无不是为了一个"钱"字，这正应了古人的一句话："人为财死，鸟为食亡。"有了钱，可以过更好的生活，可以赡老扶幼，可以锦衣玉食，可以香车宝马，可以灯红酒绿，可以于人前人后扬眉吐气。有了钱，可以摆平诸多事情，比如关系，比如人情，比如纠葛，还有其他种种不易处理的麻烦。

所以说，一个人活在这个世上，没有钱是万万不能的，但有钱也不是万能的。光鲜的物质生活背后，人们的心灵空间或精神世界也需要星光或灯盏来照亮，文学无疑是这星光或灯盏之一种，而且这星光或灯盏会持续在天空中闪烁或在大地上漫游，聊以抚慰人们内心的诸多烦忧。

绵延广袤的南阳盆地中，就有这样一群犹如星光或灯盏的文学痴儿，他们前赴后继地执着于文学事业，或小说、或诗歌、或散文、或其他文体，真诚地言说着人世间的故事和心灵中的想望。这是一批南阳青年作家，自20世纪90年代初期以来，为了传承"南阳作家群"的薪火，他们青灯黄卷，广泛阅读；深入生活，广接地气；坚持创作，硕果累累。他们用自己的作品证明了自己在不断地成长和成熟。

作为一名文学的热爱者和守望者，我从大学时代开始，即对南阳青年作家及其创作予以追踪、研究和品评，无论自己处境如何，一直坚持至今。20年来，我与不少南阳青年作家结下了深情厚谊，相聚一起时，把酒言欢，论文学，叙友情，其乐融融。与此同时，知人论文，增进了我解读作家作品的真实性和准确性，使我积累了不少关于南阳青年作家作品的理论研究成果。惜乎时光催人老，当年我研读的南阳青年作家，如今有的已经步入中年，创作更加老到；个别的或中道病故或被病魔缠身，唯往昔的才情依然在他们的文字中闪烁；让人欣慰的是与我同龄的那些青年作家，他们的创作势头正旺，目前已成为"南阳作家群"的中坚力量。

文学是寂寞的事业，也是虔诚的事业。在文学追寻这条崎岖小道上，南阳涌现出了一大批值得记录和书写的青年作家，我们可以列出一个长长的名单。在这个纸质图书与网络读物并存的时代，网络上那么多以网名出现的文学写手，着实让人目不暇接，但纸质上铅印的作家名字也许更容易让人记住。一路走来，这些南阳青年作家不畏风霜雨雪、艰难坎坷、命途多舛，始终钟情于文学事业，把文学当作心头的星光或灯盏，孜孜以求，无怨无悔，有的甚至付出了健康和生命的代价。

为了点亮文学的星光或灯盏，有的南阳青年作家耗尽了最后一点精血，过早地离开了人世。如朱景涛，就去世在9年前那个大雪纷飞、冰天雪地的寒冷的冬天里，那时他才40岁出头。他去了，去得冰清玉洁，让文友们时常深情怀念；他去了，留下了几本诗集散文集，这些文字中所蕴藏的他的灵魂和思想，至今仍然温暖着读者。斯人已去，却以另一种方式长存人间。

为了点亮文学的星光或灯盏，有的南阳青年作家被疾病损耗了身体，徒留一腔热血。如刘正义，去年一场突如其来的脑溢血，让这位历来快言快语、乐观豁达而又充满忧患与责任意识的作家，一下子失去了正常思考和创作的能力。他病了，我去看他，他还能叫出我的名字，依然是乐观的样子，而我的心里却满是酸楚；他病了，再不能写出关注底层生活和弱小人物的作品，再不能写出关注南阳发展和移民搬迁的时代报告；他病了，再不能风风火火地组织南阳的文学活动。这两年我偶尔参加几次南阳的文学活动，不知别人怎么想，我却总是有种“遍插茱萸少一人”的感觉。盼望着他能早日好起来，重回正常的生活，重回文学，重寻他的文学星光或灯盏。

为了点亮文学的星光或灯盏，南阳青年作家们克服工作、生活、心灵等方面的诸多困境，坚持不懈地创作出了一批又一批的优秀作品。如，写小说的有韩向阳、宋云奇、盛丹隽、段舒航、蒙蒙、张天敏、赵长春、罗尔豪、马萌、马东伟等，写散文的有王俊义、李雪峰、水兵、苏菡玲、陈明远、祖克慰、孙宗信、杨静、马蕾等，写诗歌的有一地雪、高春林、魔头贝贝、柳亚刀、薛松爽、王东照、武建华、南阳竹子等，其中有不少青年作家在诗歌、散文、小说等诸般文体写作上皆有精彩表现。作品是一个作家的孩子，也是一个作家的代言人。一个作家，只有通过一篇篇、一部部作品，才能成就自己的作家身份，也才能与自己的作家身份名副其实。

无论时代如何变迁，风云如何突变，人生哲学如何变换，我们生存的世界和心灵的空间总需要有这样一批文学的延续者，总需要源源不断的精神食粮，它们像人们生活所需的小麦、大豆、玉米和牛奶、面包一样充满诱人的清香。这就是作家和作品存在的价值和意义。

南阳青年作家作品是如此动情地牵引着我的思绪和情感，我读他们的人，也读他们的文。关注他们和他们的创作，将会是我一生的情结。他们是天空中的星光或大地上的灯盏，他们的作品更是天空中的星光或大地上的灯盏。他们是一批情感充沛、心灵富有、值得尊敬的精神的清道夫和文学的殉道者。

守望这些星光或灯盏，发掘出它们更悠长、璀璨的光芒，我愿将其当作一项毕生执着的呵护心灵的事业，诚惶诚恐而又虔敬勤勉地对待。

让星光或灯盏永远照耀精神暗夜的天空或大地。

不熄的星光，不熄的灯盏，永恒的文学！

2013年11月23日

# 第一辑　述说文友

## 率真为人　激情为文

——我的文友段舒航

前几天因公去南阳出差，偶有空隙，便联系了一位长时间不见的文友。文友很热情，说："晚上请你吃饭，你看都约谁？"我说："你看着办吧，谁都行。"及至见面，他说约了水兵、晓磊两位兄长。我说要不要跟舒航联系联系？他说舒航身体不好，离这儿又远，就不惊动他了吧！我担心地问："他的腿伤还没有好吗？"文友说是。

记得与舒航的相识大约已是六年前的事了。那一年省里在洛阳白云山召开"青创会"，出于开阔眼界的目的，市文联选派我、舒航、蒙蒙和朱景涛四人前去参加——天不假年，景涛兄已于前些年去世。会前，舒航约我和蒙蒙一起去，那便是我和舒航的初识。

那时的舒航已经腿伤在身，听他说是因踢球拉伤了腿部的韧带，一路上行走自是稍有不便。他比我年长几岁，虽有腿伤在身，却像一位大哥哥一样对我关心照顾。带的包裹他抢着拿，火车票他也抢着掏钱买，浑身充满了真诚和侠肝义胆。一路上谈起文学，他更是国内国外、天南海北无所不知，有许多都是地处封闭、读书不多的我闻所未闻的。面对那些略有成就而又孤傲的省城大家和各地的文坛精英，我更是只有洗耳恭听的份儿了。对我来讲，白云山之行，最大的收获不是参加了一次文学交流会议，而是结交了舒航这样的文友。

之后我和舒航有过不少来往，每次见他，我都很是关心他的腿伤，而他的腿伤却一直没有康复。但这似乎并不影响他的心情和写作。与人交往，他依然是率性本真；与人交谈，他依然是心直口快。在生活中他常常拔刀助弱、剑指不平。记得有次文友相约聚会，他本可以推辞不去，却硬是拖着腿伤，从城东跑到城西，让人很是感动。前两年从网上看到他陷入了一场官司，而事情的缘起跟他一点儿关系都没有，他不过是不平则鸣而已。这些年他的小说创作日渐丰盈，作品屡屡在《北京文学》《山花》《小说林》等国内知名刊物上露面。目前为止，我认为《新四军时期的爱情》和《划着小船去远方》可以说是他小说中的代表之作，前者写过去那个年代的爱情，后者写现实生活中的人性。不仅这两篇作品，几乎他所有的作品，字里行间都充满着激情和想象，渗透着人性与情爱。在舒航身上，我再次看到了中国传统文化中"人如其文、文如其人"的影子。

虽然近段时间与舒航没有见面，但我总是隔一段时间看看他的博客，期望能够从他的博文中了解到他的一些写作和生活状况。他近段的博客中，留下了一些在大地和天空之间旅行的文字，从云南、北京到天津，一个人的旅行中，带着腿伤的他，还在不停地锻造着他的心灵世界，还在执着地追寻着他的文学之梦。他的另一些博文中，还体现出一位父亲对儿子始终不渝的关爱。儿子是他生命中的至爱，儿子打球获胜，让他充满自豪。而他对儿子最大的期望，就是儿子能够一生快乐。这位在文学之路上奔跑的男子汉，让我感叹；而这位"怜子如何不丈夫"的真情父亲，更是让我感动。

至少六年了，我的身带腿伤的文友舒航，始终以他澄澈透明的人格、激情四射的文章展现在我的面前。在这个为人与为文日益盛行虚情假意的时代，他显得有点另类和不合时宜，这也使他显得有点孤独和寂寞。但我相信，他的这种孤独和寂寞，绝对纯粹是来自于他对小说创作的执着和虔诚。而真正的艺术创作，原本就与喧嚣和热闹无关。舒航说，只有寂寞着才是美丽的。这一点，我也深以为然。

作为一个生性木讷和内心善良的人，时间和距离常常让我对那些真正的朋友们心怀感念。对于舒航，我最大的愿望，就是他的腿能够早日康复，重新返回他身体强壮的青春岁月。在我的心目中，那个喜爱体育运动，做事风风火火，敢于仗义执言，内心充满真情，习惯大口喝酒、大块吃肉的率真汉子，才是舒航的本来面目。

2008 年 7 月 31 日

## 忧伤文字　阳光男孩

——我的文友马萌

在我的记忆中，认识文友马萌，好像是先读了他的文字，然后才认识了他这个人。前些年，经常在《南阳广播电视报》上看到一个笔名为"闲愁"的人的文章，写作视角总是集中于底层的弱小人物，特别是那些弱小女子，文字温婉、细腻而又忧伤，有着李煜"问君能有几多愁，恰似一江春水向东流"的伤感，又有着李清照"三杯两盏淡酒，怎敌他晚来风急"的醉意。男人读了，自会发出感叹；女人读了，当会流出眼泪。横看竖看，这些文字都像是出自一位美女作家之手。他的小说中，我记得最清的有两篇，一篇是《昙花就在今夜开》，另一篇是《谁的黑夜比白天多》，两篇小说都让我读得荡气回肠、愁肠百结。

后来，《南阳广播电视报》的副刊编辑约我为其写一篇评论性的文章，我才知道"闲愁"者，马萌也，其本名虽然仍然有点女性的意味，真身却端的是一位青年大汉。那篇评论文章发出后，马萌知道了我，便真诚地邀我有空到他那里坐坐。大概是前年，有次在某县开完文学笔会后，我和一帮子文友应约杀到了他那里，他很热情地招待了我们，我这才开始真正认识这位浑身充满阳光的大男孩。

马萌高高大大、清清爽爽，在足球场上是一把好手。他的脸上总是充满着笑意，说起话来，并不十分标准的普通话里，总是有几分幽默，有几分诙谐，让人忍俊不禁。喝起酒来，他总是一副满不在乎的样子，有多少喝多少，来者不拒，而且还能这一场喝罢再去喝另一场。他这种内秀而又豪爽的性情，与他文字中流淌出的情绪大相径庭。我想，男人和他在一起大抵会很开心，女孩子和他在一起可能会产生喜欢的情愫。一个男人能够活到这个份儿上，这是多令人羡慕的事情。

随后，马萌曾先后来我所在的小城三次，但每一次都没有让我安排，也许是他从经济方面考虑，不想增加我的负担。第一次，他和他们的领导一起来，县里的一位领导做了安排，他打电话让我去陪。这一次，我知道了马萌和我竟还是老乡，自然又亲近了几分。故乡，是每个人内心深处的家园，无论我们离得有多远，走得有多久，正如李清照说的，“故乡何处是？忘了除非醉”。其实，一个人即使喝得再醉，也不会忘了故乡，因为故乡的土地是我们永远的根。第二次，他和一帮子男女朋友来，依然不让我管，自己在一家小酒馆里安排，打电话让我去小坐。第三次来，他让自家一位兄弟安排好了，打电话让我去喝酒，这一次我喝得酩酊大醉。酒喝罢，他又开车拉着我去附近山区的一个工厂，一个领导模样的文学女青年热情地接待了我们，他依然能喝，可惜我已是晕得滴酒不能再沾了。

“心情”二字，在文友和朋友马萌身上体现得淋漓尽致，但作为他的一个文友和朋友，我却没能尽到地主之谊，这让我惭愧不已。所以，在不同的场合，我总是迫切地说：“有机会了，还是让我尽一下心情吧。”心情不心情，也许是我们这个地方朋友之间交往最基本也最朴素的标准。

从马萌的文字和为人上，我读到了他对他人尤其是朋友的真心相待，也读到了他对他人最为柔软的怜惜。当然，与马萌在一起，我感受最深也最为高兴的是能够体会到他周身洋溢出的活力和热情。一个再忧伤的人，受到他从内到外性情的感染，也会顿时变得快乐起来。

最近一次见到马萌,是在一个夏日燥热的晚上。他依然对文友们充满了热情,但我从他变得黝黑的面庞上,能够看得出几分人生的疲惫,也许是为了工作,也许是为了生活,也许是为了文学。我虽有点疑问,却没有当面问他。但无论如何,我总是希望他能够回到从前——尽管文字中满是忧伤,生活中却处处阳光!

2008 年 8 月 2 日

# 慎言笃行　裁云作裳

——我的文友徐道胜

从严格意义上说，道胜是我的老师，因为他是编辑，我是作者。之所以称他是文友，是因为我们都热爱文学，并且时有交流，当然以他对我的鼓励为多。

与道胜认识有十多年了，但与他真正熟识却是近几年的事。最早认识他时，他还在《中部开发报》当编辑，那时还是卧龙岗上一名在校学生的我，去给那家报纸的副刊编辑姚国禄（也是一位好编辑、好老兄）送稿子，在那里，我认识了他。但后来很多年，只是知道他的一些变化，先是正式到了《南阳广播电视报》工作，后是在这家报社编辑副刊，再后来是他编辑的副刊在文学圈里的影响越来越大。忽然有一天，报纸选稿开始有了新的途径，先是论坛，后是博客，在这些平台，我的几篇稿子侥幸得到了他的青睐，一来二去，才真正和他熟识起来。

一直以来，在我的印象里，道胜都是那种笃诚慎言的人，无论是文友相聚论文学，还是在酒桌上侃大山，他都是静静地坐着，一边一根接着一根地吸着香烟，一边或认真倾听或默默沉思，眼镜后面闪现出的是“静坐常思己过，闲谈莫论人非”的大智若愚的超然。这两句话似乎也就是他的座右铭，我记得他的博客首页博主的位置上就是这两句话。

后来我才知道,我们虽然不是同一个县的,但我们故乡的两个村庄却相距不远——自然那两个村庄都是处于两个县的边缘位置。我想,道胜性格中的自律和审慎,很可能与自小生活在这种边缘位置的村庄有关。对我来讲,又何尝不是如此!一个人幼时的心态,常常会对其一生产生重要的影响。

道胜虽然平时话不多,但却做事笃实,这从他这几年编辑副刊的工作中就能看得出来。对我们这个文风昌盛的地方来说,他所在的报纸过去无疑是一张小报,且不以文学见长,基本上刊发的都是生活娱乐类的文章。我以为,一家报纸的生命力能够越来越强,能够越来越为广大读者所喜爱,副刊的成功在其中起着重要的支撑作用,这是为历来的办报实践所证明了的。道胜所编的两个文学板块,一个是"生活频道",一个是"梅溪副刊",其中尤以后者办得最活,也办得最好。近年来,他在"梅溪副刊"上先后开辟出了"宛军短章""尘世走笔"等栏目,发表了大量的优秀作品。现在,"梅溪副刊"已成为这家报纸的一张名片,有人既生动形象又毫不夸张地说,"梅溪副刊"就是"宛军的练兵场"。从这个意义上讲,在这个特定的时期,道胜对南阳文学的发展起到了推波助澜的作用。

南阳作家众多,喜爱文学创作的人不计其数,但本土文学阵地却寥寥无几。在这种情况下,道胜作为一家报纸的副刊编辑,责无旁贷地"铁肩担道义",剪月裁云成华章,为人常作嫁衣裳,一干十数载,历尽了苦辣酸甜。为了选编稿子,他很少过过双休日和节假日,也没有分过白天和黑夜——时间就是生命,质量就是上帝。在编写报纸千期稿子的时候,他日夜不停地工作,他的身体没事,而他的电脑却累趴下了,此事在文学圈内一时传为美谈。

一个好的编辑,只有具备独到的文学眼光,才能选编出好的文章。道胜选稿,钟爱名家,不薄新秀。为了选取新人的稿子,他常常不厌其烦地在浩如烟海的博客文章中游走、遴选。要想在良莠不齐的博客文学中选出优秀之作，工作量之大，可想而知。有些文章发出来之后，他却只知作者的网名，而不知其真实姓名，也不知稿酬该寄往哪里。他这种以质量论是否上稿的品格，在当今副刊编辑中实属难能可贵。

当然，作为本土文学阵地，他自然选发南阳作者的稿子相对多一些，但外地作者的好稿子他也不忍轻易放弃。更为难得的是，作为一个副刊编辑，他有着更为广阔的视野和长远的眼光，那就是在选发文学作品时，十分注意利用这块阵地营造文学氛围。为此，在"梅溪副刊"上，他还开设了"作家茶楼""作家书简""作家写作家"等文学栏目，甚至还选发了山西韩石山、台湾林清玄等一些名家专门谈创作的文章，以期从中挖掘出写作的奥秘，给年轻的写作者以教益。

我们知道，"五四"时期的文学报刊，像《晨报副刊》《大公报·文艺副刊》《语丝》《论语》等都曾培养出一批文学大家。道胜这些年苦心经营副刊，周围集聚了诸如卿卿、马蕾、李远、杜兆峰、魏珂等一批年轻的优秀写手。为了培养卿卿，他甚至征得总编同意，在"生活频道"上为其开出"卿卿悟语"专栏。为一个年轻的写手开设专栏，这在这家报纸的发展史上恐怕还是首例。这些年轻的写手，从"梅溪副刊"起步，在文学的漫漫征途上已越走越远。

一个副刊编辑，只有懂得文学、参与文学，才有可能成为一个好的编辑。对道胜而言，是因了喜爱文学才走进了报社，又因了喜爱文学终于编辑了副刊，这是他自己的幸事，更是文学的幸事。一个连文学都不懂的人，怎么能编辑出好的文章！因此，在做好编辑的同时，道胜并没有放弃自己的写作，而是见缝插针，利用有限的业余时间，创作出了不少语言朴实、感情真挚的文章。他的作品大都写故乡，写亲人，写生活中的点滴感悟。读他的文章，就像读他的人，丝毫没有做作的意思，朴实得像故乡的庄稼，真挚得像亲爱的弟兄。

一个人的一生，总是要有所追求，才会活出声色，活出滋味。读书、作文、编辑外加吸烟，几乎构成了道胜生活的全部。如今，道胜在副刊编辑岗位上虽然取得了不菲的成绩，但他总是谦虚地说："这是领导们的功劳，是他们的支持，才有了报纸副刊的今天！"道胜说的，也是实话。不过，当他说完这句话之后，他那憨厚的脸上不由得露出了难得一见的微笑。

2008 年 8 月 6 日

# 心怀善念　文若秋水

——我的文友水兵

水兵既是我的学兄——20 世纪 80 年代和 90 年代，我们先后毕业于卧龙岗上那所师范专科学校，也是我的文兄——20 世纪 80 年代他已经是南阳小有名气的诗人，在南阳的几家报刊上我经常读到他的诗文，而我在 90 年代才开始在文学上蹒跚学步。

我与水兵的相识，完全是缘于文字。中国自古有“文人相轻”的陋习，而他的身上却充满了包容，就连对我这样文笔稚嫩的学弟和文弟，他也总是平等相待，写作上经常指点，情感上亲如弟兄。我想，这种相互搀扶、和谐共生的从文理念，正是南阳作家群能够不断发展壮大的根本原因。

水兵虽然是科班出身，但早年的工作和生活却历尽了波折。尽管如此，文学一直是他内心深处的一方绿地，他始终没有放弃。即使后来他在商界小有收获，开始在宛城稳定地生活，大可以享受人生，他也依然没有放弃读书和写作，而是利用业余时间，广泛阅读中外名著，创作了大量的文学作品。只不过，随着年龄和阅历的增长，他的诗歌写作渐渐退居其次，散文创作开始成为他写作的主流，并在南阳文坛渐成气候。

水兵出身农村，又曾经饱受生活之苦，因此不论是他的为人还是他的为文，都充满了善念和大爱。他对故乡是充满热情和挚爱的。故乡唐河的那一方水土，一度成为他创作的源泉。故乡的风清月白，故乡的山水草木，故乡的庄稼和收成，故乡的父老乡亲，以及他们的喜怒与哀乐、幸福与痛苦，他常常饱含深情地在文字中抒写。这种难解的故乡情结，促使他创作了大量的乡土作品。他甚至把他已经出版的两本集子，都作为献给故乡的礼物。为此，他把第一本集子命名为《家园》，把另一本集子命名为《望乡》。他对故乡的情感由此可见一斑。但他的乡土作品又有别于一般此类作品的直白和孱弱，而是既满含着或怀念或怜惜的情感，又充满了诗性的描述和理性的审视。

对长期耳濡目染的南阳文化，水兵也是充满了热爱。这些年生活在南阳盆地的政治、经济和文化中心，他的文学眼光又在整个南阳范围内逡巡。用一个文人的独特视角，对南阳历史文化重新进行审视和再现，使他的散文创作渐渐呈现出大文化散文的倾向和特质。他的以声名显赫的南阳"四圣"、充满悲剧色彩的老乡魏延、历尽沧桑的南阳府衙等为内容的一批文化散文的出炉，使他在散文创作上开辟出了一条新途，也为他的散文作品增添了楚汉文化的厚重。

对一帮子文朋诗友，水兵更是充满了关爱。前些年我出了本作品集子，他开始和我联系，去年我又出了本散文集，他不吝笔墨撰写长文为我鼓与呼。他的其他一些文朋诗友，如崔鹤，如熊鹰，他们写作的艰难，他们工作、生活中的挫折，都成为他的心中之痛。作为一个朋友和一介文人，他只能用瘦弱的文字，一表兄弟之情，一掬同情之泪。这些文字，虽然朴实，却是他饱蘸心中情感所写的自然之作，因而有着动人的力量，也闪烁着一个文人内在品质的光亮。

一个人，如果心中没有善和爱，就不可能成为"仁者"；一个作家，如果心中没有善和爱，他的文字就难以明净和宏赡。水兵的文章，宛如秋水,纤尘不染,像他的为人一样充满了善良和仁爱。我想,有了善与爱的文字,才有可能在世间行走得更久远一些。

2008年8月8日

# 秀外慧中　出手不凡

——我的文友陈明远

十年前，我最初认识陈明远的时候，南阳市文联还在城区内工业路上的一个小院子里。记得有一次，我与当时的县文联主席一起去市文联办事，办完事已时近中午，市文联的领导便安排一位年轻小伙子陪我们吃饭。这位小伙子就是明远。那时的他和我差不多大的年龄，二十多岁，高挑个子，明眉大眼，红白皮肤，清逸俊朗，确有几分潘岳之貌，再加上他说话得体，办事利索，我一下子便记住了他。

席间，我知道了他刚刚从一所理科大学毕业，被分配在市文联从事办公室工作。说起在这个地方工作，他显出了些许苦恼。我当然理解他，因为我们的市文联是个大家荟萃的地方，有作家，有艺术家，特别是几位主席都是南阳作家群中的翘楚，甚至在中国文坛上都各有各的位置和影响，作为一个初出茅庐的年轻人，以后要想在此立足，必须得在文学艺术上拿出点真功夫才行。于是，我便对他说，不要急，慢慢来，在文艺创作上选准一个突破口，或书画，或文学，潜心钻研，总会有成效。

当时我的那些话，对明远来说，既是发自内心的共勉，其实也有几分安慰他的成分。然而，一晃好几年过去了，那时我对他说的话自己已经几乎不记得了,当然也没有看见他发过什么作品。只是到了前些年市文联举办文学论坛的时候,在一次文学论坛开讲前,听几位文友说,上次论坛上那位年轻人讲得真好,旁征博引,见解独到,只是不知道他是谁。因为我的工作太忙,总是隔三差五才能参加一次论坛,恰好那一次我又没有参加,自然也不知道"他"是谁。及至问了熟识的文友,我才知道"他"就是明远,心中不禁吃了一惊,看来真是"士别三日,当刮目相看"啊!这时我也才知道,我当时的那几句不经意的话,明远还是很放在心上的。但我不知道,在市文联几位大家的耳濡目染之下,他是经过了多少个日夜的青灯黄卷、发奋苦读的。

又忽然,我开始看到他的作品了。先是看到了他连续发在《躬耕》上的两篇散文,一篇是《夜的褶皱》,一篇是《超验的喀纳斯》。两篇散文都是出手不凡,与惯常习见的散文写法迥然不同。现实与梦境,客观与臆想,游走与思考,使他的散文尽显现代派的风范。如果不是与明远认识,真是让人难以想象这些作品出自一个初学写作的年轻人之手。也难怪,著名作家行者会用"突然"两个字作标题,对《超验的喀纳斯》一文进行点评:"我突然看到了陈明远这篇文章,这篇不是游记的游记,不是散文的散文,不是随笔的随笔,我说突然,是因为明远与我共事多年,他这是突然地写起了文章,突然地写出来了这么一篇文章。至于此文的开阔、深邃以及其某个角落里的尚存的遗憾我就不说了,因为这家伙才 30 岁,30 岁并非十分年轻,但 30 岁似乎尚不足以承载如此沉重的思想,可见现在年轻人之非同一般。"行者这篇点评的文字不长,但却对明远一出手就创作出了如此高质量的文学作品充满了惊奇和赞赏。而他的《夜的褶皱》,很快又被选入了 2005 年全国散文年度精选。之后不久,他的又一篇极具生活气息且充满现代感的散文《云上的日子》,先是被《青年文学》首发,继之又被《散文选刊》选载。

这还不算,明远还鼓捣起了小说,而且作品一露脸就是国内著名的先锋文学杂志,这就有了他发表在 2006 年第 5 期《山花》上的小说处女作《暮色》。在这篇不长的小说中,极尽了先锋小说写作的技巧,也饱含了对人生、情感、时间等诸多内容的思考。小说从一些林林总总的日常生活物件起笔,也就是这些物件,既导引出主人公——老年的钟尼先生的登场,也暗示了一场不可避免的情感故事。在钟尼的断断续续、模糊不清的追忆中,演绎着他与"妆紫"姑娘在几十年前发生的或真实或虚幻的情感故事。作品的文字背后充斥着诸多象征,暮色时分一对青年男女的偶然相遇与老年钟尼对往事的回想,钟尼和"妆紫"姑娘的多次相聚相谈与最终钟尼也不知道"妆紫"姑娘的真实姓名,甚或"妆紫"姑娘本来就是钟尼心中想象或虚构的一个影像,还有那个钟尼用来开锁的镀金挖耳勺,以及那枚最终消失的 1951 年的硬币,都让人不禁在阅读中产生这样那样的遥望或者遐想。

更让人惊异的是,明远在摄影上也显示出了不凡的造诣。2005 年他才开始创作摄影作品,而他当年创作的一组摄影作品《文化形态·报纸折的船》就被选入河南省当代艺术展,并被河南美术馆永久收藏。2006 年,这组作品参加第六届平遥国际摄影大展,又成为南阳唯一一件入选作品。此后,他的摄影作品又多次在"走进河南公安"等大型摄影大赛中入选。

这时的明远,已远不仅是貌若潘岳,而且还有点才似宋玉了呢!虽然与那些久经沙场、作品众多的艺术家们相比,明远的作品也许还不够多,但每一出手都是上乘作品,的确让人有种古代诗人写诗时"语不惊人死不休"的感觉。

文艺创作与修炼武功似乎有许多相同的地方,那就是一个武林高手在纵横江湖之前,一定是经过了多年的潜心苦练的——这就是我们常说的"宝剑锋从磨砺出,梅花香自苦寒来"的真谛。我想,明远近年来之所以能够在不同的文艺门类创作中显示出不俗的潜在素质,原因无非有三:第一是市文联诸位大家对他的潜移默化的影响;第二是南阳这些年举办的文学论坛给了他广泛、深入地研读中外名著的机会；第三也是最根本的一条是明远在阅读众多的中外大家作品时，不仅下了一番苦功夫，而且自身具有较好的吸收和借鉴能力。

从一个懵懂的俊美青年，到一位在多种文艺门类开花结果的青年艺术家，明远在文艺上的不凡领悟能力已经得到了初步的显示，他在我心目中的形象也逐渐丰富了起来。行文至此，我想借用里尔克的一句诗送给明远："挺住，意味着一切。"我也相信，在文艺创作的道路上，只要坚持不懈地追求与探索，明远还会有更大的成就！

2008年8月9日

# 感悟生命　道说禅机

——我的文友苏菡玲

20世纪80年代末、90年代初我在家乡上高中的时候，就知道了苏菡玲，因了她在学校时发表的文章，而认识她却是在多年以后。那一年，在南阳与行者、苏菡玲等诸位老师、文友聚餐，席间，我对行者老师说："最近得好好看看您的小说，得为您写篇东西。"而行者老师却说："菡玲的散文写得不错，你还是写写菡玲吧。"可等我想为菡玲写篇评论的时候，却发现徐文已经为她写了一篇，而且写得不错，于是此事便放了下来。这次突然想起写文友系列散文时，我便想，可得写写菡玲，虽然她对此并不在意，但对我来说却是迟到地兑现了过去的承诺。

在后起的南阳作家中，菡玲是那种才貌双全的女子。菡玲婷婷玉立，不蔓不枝，清清爽爽，看上去一副永远没有心事的样子，不像那些稍稍有点才情的女子，不是满怀心事，就是一腔哀怨。工作之余，菡玲读书、写作、练瑜伽，日子过得恬淡而舒适。很长时间，她都以散文创作为主。我们读她的散文作品，给人的感觉就像读她的人一样赏心悦目。在她那些对生活和生命中细微情节的娓娓叙述中，她总是见微知著，向人传递着生活和生命的禅机，读者也总是能从中感受到生活和生命的阳光。

菡玲出生于南阳盆地东北边缘的一个小城，父亲是当地有名的文化人，可以说是上晓天文，下知地理。也许是由于父亲的深厚影响，少女时期的她便显示出了在文学方面独到的天赋和才情。高中时期，她便发表了不少初具文学品质的散文，这让后来也在这所高中求学的我辈十分羡慕和敬仰。时至今日，这所高中的许多老师还记得这位天使一样的才女，我也依然记得她那时发表的一些文章的篇名，如《小镇烩面》《表姐陪我买裙子》等。也许，对于现在的菡玲来说，这些东西已经不值一提，但那却是她后来走上文学写作之路的源头。

菡玲喜读哲学和宗教类的书籍，如尼采、叔本华、海德格尔、培根、克尔凯郭尔、帕斯卡尔等人的哲学著作和《圣经》《金刚经》《道德经》等，她都有过广泛的涉猎，这为她的散文作品涂上了一层浓厚的文化底色和哲学况味。菡玲对生活和生命有着精细的感悟和体察能力，加上她的文化素养、她的阳光心态，她的散文作品总是能够让人每读一遍都有新的感受。

菡玲的散文，往往着笔于生活中的小人物（如修鞋匠、民工等），小事情（如洗澡、朋友的自杀未遂等），小物件（如发卡上的钻石、婚纱摄影店、没有结果的葵花等），甚或是生活中的小情绪（如朋友鼓动下瞬间的跳槽渴望、忽然之间内心的喜怒哀乐、一场电影对自己的启迪等）。但聪明的菡玲，总是能从这些看似平凡的事件中挖掘出对生活、生命和爱情的独到感悟，这些感悟又极少杨朔式的虚假情感，常常是随意而自然的内心流露。她写修鞋匠，修鞋匠的专注与宁静，使她感悟出了一份闹市里的禅定。她写朋友的自杀未遂，从中感悟出的是生命的沿途有许多风景值得留恋。她写葵花往事，感悟出的是没有结果的葵花是因为花开的时候错过了一场爱情。她写看完电影《色戒》的感受，是多少的悲欢离合、爱恨情仇都经不住岁月的淘洗。这种起笔于生活俗常，而眼光着意于透视生命、死亡和爱情等重大主题的散文写法，使菡玲的散文作品在充满生活味的同时，又极具人文关怀的意味。

菡玲写得最大胆的一篇散文名叫《洗澡》。在这篇颇具生活化的长篇散文中，她对洗澡场所的变迁，女人身体的美丽，以及女人在洗澡中心理的起伏变化，进行了精细的描写，而且写得活灵活现。在这篇文章的结尾，她欣喜地写道："生命是这样的完美，我的内心充溢着纯净的喜悦和深深的感恩。"这种完美和喜悦，来自于菡玲浓重的生命意识和女性意识。我想，作为一个在人世间行走的人，无论贵贱贫富，只有对生活和生命充满珍惜和热爱，他才有可能活得充实而欢乐！

这些年，菡玲的散文经常在《散文百家》《散文》等国内的权威刊物上发表，以不俗的创作成果被誉为南阳作家群中的"美女作家"。我想，这"美女作家"的称谓中，既有对菡玲相貌、人品之美的称赞，更重要的也是对她的散文作品所蕴含的美文品质的肯定。而正当她的散文写得越来越老到的时候，她却又突然写起了小说。听说，她的长篇小说《一个女人的梦》已经杀青，到底她的小说写的什么内容，到底写得如何，这让人充满了期待。

2008 年 8 月 13 日

# 江湖夜雨　一地雪飘

## ——我的文友一地雪

江湖，夜雨。在这个秋意渐浓、窗外雨声淅沥的夜晚，我不禁想起了已经两年没有见面的文友、女诗人一地雪，也不禁想起了江湖、夜雨这两个显得有点沧桑的词语。此时，我的眼眶中涌满了脆弱而善良的泪水。

像一片冬天的雪花，一地雪从故乡这座小城飘走了，从故乡人们的视线里飘走了。潜伏在生活和热闹背后的她，用突入生命和心灵底里的诗歌，给故乡小城、给南阳、给河南，留下了一个耐人寻味的诗歌事件、文化事件。这位从网络上起步、在诗歌写作上禀赋独异的才女，长时间默默隐藏在民间，不为人知。2005 年春天，慧眼识珠的河南省作协副主席王钢，以“网上‘蚂蚁’在飞翔”为题，在《河南日报》上撰文对她的诗歌进行推介。2006 年春天，河南省作家协会、河南省文学院、河南省诗歌学会三家单位联合在郑州举办河南省五位青年诗人作品研讨会，她又赫然名列其中。此后她虽然依然孤独地生活、孤独地写作，但我们这些从事文学的人却不应该忘记她的艰难成长和在文学方面的特殊潜质。

四年前我从宛城决然返回故乡小城的那个夏天，我才开始认识一地雪，才开始读她的诗作，而此前我们已经在同一座小城里待了多年，却因她的不事张扬而难以相识。从开始读她诗作的那天起，我就把她当作了家乡文化的骄傲——她是诗歌世界里一棵散发着独特香味的花树。此后，我曾和她一起造访邻县的诗友，一起参加过在鸭河举办的南阳文学论坛，也曾连夜为她赶写河南省青年诗人作品研讨会诗歌精选集子配发的评论性文字。但没有人知道，对当时一个刚刚崭露头角的文学写手，我为何要如此惺惺相惜和由衷敬重。因为我想，我的力量虽然卑微，但我的努力，对她来说最起码是一种来自友人的对她写作价值的认可。

为了生活，为了儿子，一地雪虽然不得不在异乡漂泊，但她却始终是一个远离俗世、潜心文学的人。文学，就像她出生那年的那场大雪，一直纷纷扬扬地飘落在她生命旅程里。这种文学写作的纯粹性，使她的文字因了独立、尖锐、正直而显得异常晶莹而深刻。

在一地雪眼中，世界是一个迷宫，不明真相。她说，站在这个世界里，她像一个懵懂的孩子。但这个“懵懂的孩子”，却充满了对世界本质探寻的勇气，用文字，用心灵。对她来说，活着和写作都有承担，她说：“我将偿还生命的全部债务……”孤独、阴郁、疼痛，这些词语像鬼魅一样，布满甚至刻印在她的生活、生命还有文字里。这是一个人从一生下来就难以逃脱的宿命，还是作为文人的一地雪对文学执着追寻的深刻体验？我只知道，一个中年女子，曾经经历了下岗、打工、漂泊这样的生活历程，就像卡夫卡《城堡》中的土地测量员 K 一样，她在现实生活中很少拥有过主人的身份。在异乡漂泊的岁月里，特别是在这故乡秋雨飘落的日子里，她那一抹浓重的乡愁和生命深处的疼痛，又该如何释解？没有人知道她内心深处的伤痛，只有她那饱蘸生命写就的诗文，透露着她内心跳动的秘密，见证着她内心挣扎的痕迹。

一地雪在文坛上首先获得声誉的，无疑是她的诗歌作品。在现代诗歌日益走入困境的今天，她的诗歌摒弃了那种缺乏生活和生命体验，无病呻吟、简单分行，让人不知所云的写作路子，而是凭借着丰厚的生活阅历、对生命的独特感悟，写出了一大批浸透现代人精神流动的诗歌。她那首在网络上红极一时、被广为传诵的《一只蚂蚁的尖叫》，就是其中的代表之作。作为一个个体的人，生命无不卑微如蚁，生存、婚姻、亲人、死亡，每个人都有各自不同的经历和感受。活着是为了奔命，婚姻是一场宿命，儿子是贴心的棉袄，兄妹是一个铁锅里由米熬成的粥，一地雪诗中这些朴实而贴切的生活意象、生命感受，因其具有人类情感的共性，深深地触动了繁重生活下的人们内心日渐粗粝的神经，从而诱使他们在匆忙的步履中抬起头来认真地思考一下生活。之后这几年，随着一场车祸给她带来的病痛，一场变故导致她生活的颠沛流离，以及一场自然灾难的发生，她对生活和生命有了更加切身的体会和理解，她的诗风也随之大变，这就有了《十楼三病室》《端午》《哭汶川》《工业园》等一批更加优秀的诗作。在这些诗作中，她的生命意识更加强烈，对生命、对现代文明的叩问更加深入。《十楼三病室》中，破裂的头颅、白色的病房、对生的留恋，让人动容。《端午》这首被选入《中国2007年度诗歌精选》的诗作，充满了生命的疼痛和对死亡的恐惧："邻床，她胸口的吸管被/医生拔出，我手臂的针眼跳了一下。""我总是与病房纠缠/病房与死亡纠缠/而死亡与生命纠缠。"《哭汶川》中，面对群体性生命的突遭横祸，诗人既有无限的悲伤："你是我的孩子、母亲/兄弟姐妹。你是我的头皮/脚趾，我绞碎的骨骼/你是我的泪。"也有对生命的哲理性思考："生命真是个变数/生把死高高托起。"《工业园》中，被掠夺的土地、工友的梦想、暴富的新贵、被烟尘遮蔽的花朵，以及独行老人的心事，这一连串的诗歌意象，都成为诗人心中的痛，而诗人对人类精神和灵魂的关注最终升华了这首诗的意境和层次。

在散文写作上，一地雪也有不俗的表现。在我读到的有限的文本中，她的《我与非我》《孤独》《概念的游动》等篇章，同样对生活、对世界甚至对自身作出了深刻的追问。在这些文字中,她的心灵和她周围的世界都充满了不安和躁动,它们已经不能用“是”“不是”,或者“是与不是”来回答。它们或游移,或孤独,或阴郁,或颤抖,让我想起了卡夫卡和加缪的文字。从一地雪的散文作品中,我再次感受到了她对生命、对世界的疑惑和呐喊,以及内心的疼痛和忧伤。

与文友谈论起文学时,一地雪是健谈的,而面对生活时,她又充满了茫然。让人庆幸的是,虽然她离开了让她感到恍惚而又深爱的故乡,但她依然在更大范围内的故乡——南阳盆地找到了赖以生存的土壤。作为一个文友,虽然失去了经常与她谈诗论文的机会,但依然能够常常听到她的讯息,这也是好的。

江湖,夜雨。在故乡落雨的秋夜里,我终于明白,漂泊异乡、始终像K一样徘徊在城堡边缘的一地雪,她的文字为什么会如此独异而深刻!

2008年8月16日

# 读解文本　守望精神

——我的文友孙晓磊

创作和评论，是文学的双翼，只有双翼同时振飞，才能带动文学事业鹏程万里。作为出色的评论家，中国古代的刘勰、金圣叹、脂砚斋等都对推动文学的发展作出了不可磨灭的贡献。时下，在世人眼中，南阳有个庞大的作家群，但评论却相对薄弱。而孙晓磊在评论界的意外出现，无疑为助推南阳文学的发展增添了一股新生力量。

晓磊是南阳市文联的协会部主任，我与他相识有些年头了。由于我在工作之余经常写点文学类东西的缘故，便有了常去市文联的机会，也便有缘得以与他相识——他是那种朴实、真诚的人，踏踏实实工作，本本分分做人，安安稳稳过日子。而真正与他接触多起来，也就是这些年他开始搞评论以后。因为我也经常不揣浅陋地写些评论性文字，我感到他的心与我贴得很近，我每有这样的文字发表，他便打电话向我说些鼓励的话，并一起探讨评论写作的有关问题。这些年因了工作繁杂的原因，去市文联的次数少了，他便常邀我去南阳玩。他对文友的珍惜，由此可见一斑。

又见晓磊，是今年春天在郑州举行的省文艺评论家协会成立大会期间。会议报到那天下午，他一到郑州，便与我和徐亚东、万年春、薛继先三位老师联系，我们南阳的五个人相聚在一起，一起吃饭，一起开会，一起谈论文学，很是高兴。其间，当我看到参会者仅有我一个人是最基层也是最不在行的人时——因为其他的人都是大学、文学研究院的专家、教授或是专门从事文艺工作的人，我不免有些自卑，他便劝慰我说："这怕啥？只要我们能写出好东西就行。"那几天，一向干燥的郑州下起了绵绵细雨，颇有几分"好雨知时节，当春乃发生"的味道。会议结束后，除万年春老师有事先回南阳外，我们几个又到方城小聚，谈诗论文，好不开心。前些天我去南阳出差，他知道了，便很热情地邀了一帮子文友在一起小聚，不怎么喝酒的他也很随性地喝起来，让我看到了他拘谨性格中豪爽的一面。晓磊作为兄长，对我如此，让我很是感动。

晓磊过去虽然长期在文联工作，和文友们也都相识，但却没有听说他写过什么文学类的东西。不承想，年过不惑的他，通过近几年的读书、积累、沉淀，一时间突然搞起了让许多人望而生畏的文学评论，而且一搞就搞出了名堂，搞出了一摞厚厚的成绩，任谁也轻忽不得。从 2005 年开始，不到三年的时间里，他就创作了数十篇 10 多万字的评论文章，并于 2007 年 10 月结集出版了评论集《解读发生》。他的这一成绩，既让人感到意外，又让人感到高兴。市文联主席、著名作家行者由衷地说："文联最让人高兴、最有价值的成绩是培养了两个后起之秀，其中一个就是孙晓磊，是南阳评论界的后起之秀。"

晓磊走上评论之路，与市文联的老师们和这些年举办的南阳文学论坛的影响有着莫大的关系，当然更重要的是他在这种浓厚的文化氛围中通过认真读书思考，终于有了想要倾吐的欲望，并找到了适合他自己的文学载体——文学评论。他是把评论当作创作来搞的，每一篇评论的字里行间，都浸透着创作的智慧和汗水。他的评论有理论，有思考，有感悟，既能扎根于文本，对作品进行深度解读，又能跳出文本之外，以一个特殊读者的身份，用自己的人生、社会经验和学识，阐释作品内涵，指陈创作得失，少有评论界常有的不是捧杀就是棒杀的恶习。由此，他品评周大新、行者、周同宾、周熠等作家作品的评论，无不因其行文的深邃大气而得到文艺界和评论界的好评和认可。也由此，他理所当然地被邀参加了省文艺评论家协会成立大会，并被选为理事。不久前他又成功入选南阳首批签约作家，以“见证风雅”为总题，开始对南阳作家群进行整体性的观照和研究。

晓磊在文学评论之路上的成功，说明任何形式的写作都必须有独立的人格和见识，否则无论是其人还是其文都无法挺立行走。而真正的评论家，不仅能够从更高更远的层面去发现文学作品的潜在价值和对文学的贡献，而且也能够在很大程度上得到作家的理解和尊重。这让我想起了波德莱尔和戈蒂耶。众所周知，波德莱尔是一位伟大的诗人，以其诗集《恶之花》而扬名于世，但同时他还是一位独具慧眼、见解独到的评论家，他用自己的一生对戈蒂耶进行了深刻解读，而戈蒂耶对他也给予了真知灼见的评价：“人们想方设法将这位诗人描写成恶魔，说他的品性中满是罪恶与堕落的东西（关于文学上的表现，但愿能得到正确理解）。实际上，他最懂得热爱和钦敬别人。”说白了，评论家与作家之间，其实就是不断相互探寻、理解对方文字和心灵深处秘密的关系。

从郑州开会回来后的这个时期，看到他写的东西少了，我想也许是他在对过去所写东西进行反思后，又在读书沉淀，想要写出更好的评论文字了——况且，对南阳作家群进行系统性的解读，的确需要一段时间的梳理和静思。写出既能说进作者心里，又能增进读者对作品的理解，还能展示出评论者与众不同的思想和识见的评论文章，确实不是件易事！

好在晓磊是个能够耐得住寂寞、沉下心来阅读思考的人，也是一个一旦选定方向不会轻易改变的人。正如他自己所说：“很多时候，精神的期许、守望和坚持比什么都重要。”为什么要做一个文坛的守望者,我想,对于晓磊来说,读解文本的过程,也是他精神漫游的过程。一个人精神和心灵一旦丰富和充实了,他的人生也就能够显示出别样的风采。

2008 年 8 月 20 日

# 烛剪西窗　文洗铅华

——我的文友马蕾

一个人与另一个人的相识往往是不可知的，就像命运一样不可捉摸，所以无论文友相交也好，还是命运起伏也好，我们不得不相信机缘。我与南阳的新生代女作家马蕾相识的机缘，来自于文友水兵的推荐。

去年春天的时候，《南阳人物》杂志推出南阳实力派作家十人行和文学新生代，这新生代里，就有马蕾。作为那期杂志统稿的水兵，邀我为马蕾写一篇评论性的文字，以便配发在作家的作品之后。此前我并不认识她，但有水兵的推荐，想是她的文字定有可读之处，于是便答应了下来。很快，马蕾就给我发来了几篇散文。适逢“五一”假期，我先是读她发给我的几篇散文，感到她的文章有灵性，有文化底蕴，但在脑海里还形不成整体的印象，正好在一位朋友的博客里发现了她的博文，于是便上去对她的大部分文章细细地进行了品读。那时她的文章，既有着小女子的情感抒写，诗意、浪漫、抒情，也有着与别的女性写手不同的独特性情，独立、正直、倔强，于是我便写了那篇《女子文章亦性情》的文字。当我告知她的时候，她正在领着女儿去北京旅游的途中。回到南阳看到我写的文章后，她立即给我打来电话，她说想不到仅凭几篇文字,我就能对她的人和文作出较为真切的解读。透过一些文字去读人论文,这是我一惯的评论方式。但遗憾的是,不知什么原因,那篇文章最终却没能刊用——也许是那期杂志版面限制的缘故吧!

那时,我的第二本作品集子刚刚出版,我便托在南阳打工的文友一地雪捎给那里的诸位文友,其中也送给了马蕾一本。没想到不久之后,我就读到了她写的《何当共剪西窗烛》,对我的文章给予了不少肯定性评价,还将我引为知己,而这时我依然和她未曾谋面。这颇有点类似于古代的文人唱和,两个本不相识的文人,却通过互读对方的诗文,超越时空的限制,在精神层面相互抵达心灵。

去年秋天的时候,市文联邀请国内著名的作家、评论家程永新、刘恪、王鸿生等人在南阳举行高层文学论坛,马蕾给我打电话说,来参会一定要先和她联系,她和邓州几位美女作家编辑的《红袖》杂志要送给我几本。当我处理完诸般杂务,匆匆赶到南阳时,已是暮色苍茫了。走进灯火通明的会议室,偌大的会议室里已经坐满了等待听讲的人。这时我对马蕾的印象,除了她的文字,还有《南阳人物》杂志上她的几张照片。凭着照片上的印象,我认出了坐在前排的她,她也认出了我——在熟识文友的确认下。第二天中午会议结束的时候,她便邀了几位要好的文友陪我吃饭,不想吃饭结束时却让别个文友抢先结了账,这让她后悔不迭。

今年初春的一天,我突然接到了远在平顶山郏县的文友高春林的电话,说他要来方城看看。出人意料的是,马蕾竟然和他同行,同行的还有南阳的另外几位美女作家。看完方城的几处风景,我们又一起去舞钢拜访著名散文作家杨稼生。之后,他们要去见在南阳经商、客居的诗人张永伟,而我却不得不在许平南高速的方城出口处中途下车了——因为第二天我得上班。

就是在这样的交友与游历中,马蕾的文学视野不自觉地开阔起来,她的文字也不自觉地丰润起来。她游历的足迹遍及江南——上海、江苏、安徽诸省市,江南的水、江南的桥、江南的房舍、江南的小巷,都曾留下她寻梦的身影。本身内敛的她,这几年渐渐开始广为结交南阳内外的文界中人,并将他们引为文学上的老师或朋友。文学创作虽然是一个人的事情,也是孤独的事业,但自古以来,那些但凡有点成就的文人,大都或多或少地经历过这样的历程。

在平时的日常生活中,她常常喜欢一个人静静地读书,唐诗宋词、曹雪芹、毛姆、蒙田、帕慕克,还有那谜一般的、聪慧的林徽因;喜欢一个人静静地听那些如泣如诉的音乐,民族的、古典的,还有那让俗人听了感到心绪烦乱的佛乐;喜欢一个人静静地欣赏名人画作和青花瓷画;喜欢看那些大牌导演拍的电影或经典老片,如《十诫》《赤壁》等;喜欢看中国传统文化中的精粹——戏剧,南阳理工学院编演的《暗恋·桃花源》,让她看得悲欣交集。她这种多角度切入艺术的行为,使她的文章的字里行间充斥着文化的因子,流动着音乐的旋律,满溢着一位智性女子心灵的阐释。

而去年冬天的那场变故,几乎使她长时间难以从悲哀和苦闷中走出。开始我不知道,那些天她的博客为什么突然变成了黑色的背景,顶端是一团黑色恐怖的怪物。后来我知道,原来她失去了与自己从小感情甚笃的亲人。后来每每上那个博客,我都有种心悸和疼痛的感觉。直到今年,她才在新浪上重新开了个博客,而她过去的那个博客就像一座纪念馆,永远地以黑色而恐怖的模样悬挂在了茫茫的博客空间。我知道,这是她对那份永恒亲情的一种纪念方式。

也就是从那时起,她的文风开始发生巨大的变化,这种变化既来自于那个不幸事件对她的深深触动,也来自于她那颗倔强而不屈的心灵。她这时的文字,少了些诗意和浪漫,多了些沉郁和苍凉;少了些对现实的张望,多了些对心灵世界的开掘。而这些有关心灵的文字,或着意山水,或透视文学、书画、音乐,或从现实进入梦想,或从梦想进入现实,或清晰,或暧昧,抚慰着一颗在尘世里历经伤痕的心灵,也向世人呈现着一颗女儿心的高贵和不俗。她的这些自由开合地述说生命和世界的文字,就像一首首唱给自己和世人的安魂曲。

在文学创作的道路上不停地求索,马蕾期盼着有一天能够写出让自己满意的佳作。而实际上,她的文字在生命和心灵的磨砺中,慢慢洗尽铅华,渐渐接近了文学的本质。而真正的文学,往往就是既扎根于大地,又是从大地上凌空而起的。

2008 年 8 月 21 日

# 风度儒雅　文思连绵

——我的文友张天敏

不高的个头，齐耳短发，鼻梁上架着一副近视眼镜，说起话来轻言慢语、一字一板，通身透着成熟女性的温柔和文气——这就是女作家张天敏七年前留给我的第一印象。后来接触时间长了，我又知道，她还有着敏捷的才思。她的文思就像一条连绵不断的河，总是一个劲儿地流淌，经年累月，不停地流淌出属于她自己的风光和风采。

我是在南阳市文联第二次文代会期间认识张天敏的。会议休息期间，她按图索骥——按照参会人员名录，在住宿的房间找到了我，并赠送给我一本她出版的散文集《逝梦的河》。论年龄，她长我十多岁，是老大姐；论写作，她功底深厚，名声在外，但她却嘱我对她的作品进行“批评”——大抵因了我偶尔发些评论性文字的缘故吧！她的那本集子中的散文，舒缓流畅，淡然沉静，有几分诗意，又有几分雅致，有几分女人的温柔，又有几分文人的忧虑。读出了她的文字的好，我便忍不住写了篇文字，然而周游了一圈却没有发出去——许是因为我的文字太拙劣了吧！这让我觉得愧对了她的信任。后来，我的一位和她同乡的小师弟恰巧在他们家乡的报纸编辑副刊，他向我索稿，我便将那篇不成形的文字给了他，那篇文字终于变成了铅字，也算了却了我的一桩心事。

尽管如此，张天敏对我并没有“灰心”，也许宁静淡泊的她根本不会将此事放在心上——她所专注的是她的写作，她所欣慰的是在远方有一位读她文字的文友。2002年，她的长篇小说《女人桥》出版了，她仍然没有忘记我，不顾路途遥遥给我寄来了一本。这部小说以20世纪改革开放初期豫西南的一个小镇为背景，描述了在经济大潮冲击下农村女性走出屈辱悲剧命运的艰难历程，刻画了莲莲、豆花、冯月琴、小粉等一批情态、命运各异的女性形象，笔端倾注着作家对底层女性人物命运揪心的歌哭和深切的悲悯。在当时的中国文坛上，如此近距离地观照农村女性命运的长篇小说还不多见，我自当为之鼓与呼。然而我本一介山野村夫，力量微薄，所写的感悟文字怕是又被编辑扔进废纸篓里了吧！时至今日，由于数度搬家，连那手稿也不知所终了。而她所赠我的《逝梦的河》和《女人桥》两本书，也不知被哪位爱读书的朋友借去，竟也没了影踪。想是天敏大姐也能原谅，一个写作的人，写出的书有人去看，终归是好的。

2006年夏天，我去参加在邓州举办的南阳文学论坛，又见张天敏。开完会，游完花洲书院，她又赠我她的上下两卷本的长篇小说《张仲景》。这次，我依然为她写了文字，但只是放在我的博客里——博客时代真好，为文人交流提供了一个便利的平台，然后打电话让她上去看看。对于写作的人，我想，在寂寞与冷清的世上，只要有一些能够在精神上相互唱和的朋友，偶尔送上一把微温的柴火，相互点燃或烛照，也就够了。

在文学的羊肠小道上，张天敏一路风雨，一路执着，作品一篇篇地写，书一部部地出，从一个医生写成了专业作家，写成了中国作协会员，写成了邓州作协主席。近几年来，年近天命的她，作品写得越来越老到，写得越来越有味儿。她写古今才女，王昭君、李清照、张爱玲、石评梅、席慕容，这一个个光华四射的才女，在她的笔下都仿佛披着一袭忧郁的月光,濡染和照亮着作家诗意缠绵的文字。她还写农村,写山居,写地震,写熟悉的亲人和陌生的路人。她的文字中,充满着对生命的尊重和敬仰,透示着一位历经沧桑的女作家对世态红尘超然、通透的心态——哪里都有滚滚红尘,而宁静就在自己心中。张天敏的写作告诉我们,独享一份生命的美丽,人生与写作的境界便豁然开朗。

张天敏就像一棵文学的常青树,深深地扎根在邓州这块文风昌盛的大地上。她在自己勤奋写作的同时,还以自己的热忱,影响和带动了邓州文学的腾跃,特别是那支红袖飘舞的女性作家队伍,在她的悉心呵护下,在南阳盆地西南部唱响了一曲新时代文学发展的时尚而又曼妙的词章……

2008 年 8 月 26 日

## 情钟诗歌　肩负道义

——我的文友陈立红

陈立红是我在网上认识的南阳籍诗人，如今漂泊在北京，在团中央的下属单位工作。立红从南阳桐柏山深处走出，虽然历经颠沛和艰辛，但却一直热爱诗歌创作，20多年的诗龄加上特殊的经历，使他形成了自己的诗观。

立红是个热心又真诚的人。去年春天，我在博客上收到了一个名叫陈立红的陌生人发来的纸条，他说："中坡先生：听水兵介绍过你，在网上碰见，打个招呼。如有时间来北京，请给我打电话。"后面还给我留下了他的办公电话和手机号码——今年春天去北京出差，本想和他联系，但行程匆忙，没有顾得上，后来他看到我写去北京的一篇文章，很是不悦。虽然至今我没有和他见过一面，但他一直把我当朋友，经常鼓励我好好写作，有次他在我的博客上发纸条说："一定要多写！排除一切干扰多写！前些年，我因为生活不稳定，忙于生计，写得少，现在回头看，很后悔。青春不再，后悔晚了！许多作家的好作品也都是在很年轻的时候写的。"正是因了像他这样的诸多朋友的激励，我才坚持在身不由己的繁杂工作之余，见缝插针地读书、写作。

立红还是个胸襟开阔的人。去年秋天，他的诗集《文明的呼唤》出版后，他不怕麻烦，广泛赠阅全国各地的文朋诗友品评，即使普通的网友索书，他也有求必应。对我这样一个素未谋面的文弟，他也在第一时间给我寄来了一本。通读了他的诗集之后，我以“诗人，为梦想守灵”为题，率先为他写了一个评论——重点从诗歌的内部精神来对他的诗歌进行解读。很快，围绕他的诗集，网上展开了热评。当然，这里面既有肯定，也有批评，但不论是肯定还是批评，他都将原文转贴到自己的博客里，作为一面镜子，不断进行反思。

立红对诗歌创作有一个最为重要的观点，在他的诗集《文明的呼唤》的自序中有突出的阐述：“真正的诗人只有勇敢地跨越物质诱惑的炼狱之门，感应时代的召唤，发出人民的心声，为中华文明的复兴呐喊，为世界文明的融合歌唱，作品才可能获得伟大和崇高……”甚至，他还干脆把他这本历尽艰难出版的诗集命名为“文明的呼唤”。他坚持以为，这就是诗歌创作所应追寻的人间正道。他的诗歌特别是诗歌创作思想，受到批评最严厉的，来自于他的几位朋友。他的好朋友崔鹤首先发难，向他提出质疑和诘问，后来他的另外两位好朋友水兵、刘向阳也加入进来，他们就诗歌的内容主题、语言表述、价值取向和责任承担等展开了唇枪舌剑、剔骨入髓的争论，后来不少网友也参与论战。他们的文章争论充满了浓重的火药味，丝毫没有因为朋友情感而放弃各自的文学立场和底线。其实他们争论的焦点，说到底还是诗歌甚至文学的本质问题。立红所坚守的是儒家文化的“诗言志”“文以载道”的观点，他的着眼点是诗歌创作如何反映文明复兴进程这个重大问题，刘向阳等一些人持支持态度。而崔鹤所坚持的是文学应持守其内在性的观点，水兵等一些人持支持态度。这两种观点不能说谁对谁错，因为这在中国文学发展史上争论已久。刘向阳、崔鹤、水兵三人，作为立红的好朋友，不论对他的诗观是支持也好，还是反对也罢，其实都没有恶意，更多的是出自对朋友诗歌创作的关心，希望朋友能够创作出更纯粹、更优秀的作品。

通过仔细阅读、揣摩立红的诗歌文本，现在我个人的感受是，他所倡导的诗观，只是他做人的一种方向和追寻，在他的诗歌中虽有端倪，但体现的不是过于明显。因为就他的诗歌本身来说，与王怀让等诗人色彩鲜明的政治诗歌还有本质的不同。立红的诗歌虽然也有对历史文化的追溯，也有对国内外政治事件的关注，也有对现实生活的介入，但他更多的还是通过诗歌对故乡、对祖先、对心灵进行观照和抒写，来表达他的思想主张和精神追求。他的诗歌具有鲜明的个人色彩，他是以个人的独特经历和情感元素进行诗意抒怀，很多东西其实还是文学性的，与呼唤文明这种过于政治化的写作口号关系并不是十分密切。他之所以受到朋友们如此严厉的批评，我以为重要的并不在于他的诗歌本身，而在于他为自己的诗歌贴上了“呼唤文明”这样巨大的标签。而他之所以如此标榜，也许受了他长期从事青少年工作和“我们的文明”工作的深刻影响，当然这也是他内心的真实想法，因为他期望自己真正创作出能够反映民族复兴进程的重要作品。这种雄心壮志应该说是值得肯定的，但这却是一条十分艰辛的道路。如何在宏大抒情与心灵倾诉之间找到平衡点，是他今后创作需要解决的问题。

从立红的几位朋友对他的诗观的支持或反对态度，我们能够看得出来，不同身份的人对文学的理解与写作观念大抵是不同的，或者是有差异的。作为立红来说，现在虽然不过是游离在体制和民众之间，但他毕竟在行政机关工作，而且身处高层。刘向阳是南方一所大学的教授，是体制中的一员，而崔鹤和水兵都是身处民间。正是因为他们的经历不完全相同、身份也不尽一样，或者经过不同的经历后他们的身份有了不同的变化，所以他们对文学的认识自然也就不会相同。关于立红诗观的争论，目前似乎已经烟消云散，但文学是负担道义还是关注心灵，这样的争论恐怕还将在文学发展的过程中长久地持续下去。然而无论如何，这种争论是有其积极意义的，这会让从事写作的人从中得到启迪。

立红对文化的传承充满了热情的关注。他倾尽心力主编“民族魂”“血铸中华”网站，他曾主编或编辑了不少大型文化书籍，他还先后在网上开设了鲁迅、闻一多、巴金等多位作家以及鸦片战争、“五四”运动纪念馆。对故乡的文化传承，他更是不遗余力。去年秋天，当他得知南阳作家群中的骨干作家周熠去世的消息后，第一个在网上设立了周熠纪念馆，不辞辛苦地整理、编选纪念文稿，为南阳文化界作出了表率，其真挚情怀让人感动。今年周熠去世一周年纪念日，他又第一时间在博客上点燃蜡烛，纪念这位英灵远逝的南阳作家。可以说，他所做的这些工作，就是在身体力行地弘扬和传承中国的优秀文化传统。

立红依然钟情于诗歌，不断有新的作品问世，当然，他也坚持在做弘扬民族精神、推进民族复兴的工作。从他的不少文字表述中，我知道他心怀远大，但作为一个文友，我所期待的是他在做好岗位工作、不断向自己的理想目标迈进的同时，能够在诗歌写作上走出真正属于自己的一条路子。不论是沿着先锋诗歌的写作方向，向人性的内部掘进，还是围绕时代主题，写出气势恢宏的诗篇，我想诗歌首先所给予人的，还是心灵的震颤和精神的叹息或欢愉。我所喜欢的还是立红诗集《文明的呼唤》后记结尾的那几句话，也许这才是他对诗歌创作的终极追求：“我希望我的诗篇能够带领读者越过浮躁喧嚣的市声走进苍茫永恒的大地，聆听天籁和灵魂的吟唱，探寻生命的终极意义，打开未来的智慧天窗，让幸福和谐的诗意洒满我们的家园……”

2008 年 8 月 30 日

# 柳岸晓月　溪畔清风

## ——我的文友王东照

大概是 2001 年的初秋时节,年轻的诗人王东照到方城来看我,我拿不出什么好东西招待他,便陪同他去黄石山观赏满目的秋色。敏感的诗人,想是再普通的自然山水,也总会在他们的眼中变得诗情画意。捧出家乡的风景与远道而来的文友共享,这大约也是寒酸文人们的一种共同习性吧。我们在山间的乱石中行走着,山道边的枫叶已经开始泛红,偶尔我们也会谈一些有关诗歌的话题。在山水之间,语言往往显得多余。东照那张清爽的脸上,满是诗人的童真,鼻梁上的那副大眼镜后,透出纯净的目光。一个诗人的行踪如风掠过,由此之后的黄石山,是否会在繁盛的香火之中,缭绕出几分诗意?

苍茫的人世间,一个人的行走总是显得落寞而又孤单,那些热闹只不过是身外的场景,而内心之中大抵总得有种属于自己的信仰或月光。东照,这位来自宛西乡村的歌者,从少年时代起,便把诗歌作为一生膜拜的月光,照亮了一路走来的行程和内心的疆域。《漂亮歌者》《行走的月光》《另一种叙述》,已出版的三本诗集,仿佛一片又一片月夜的银辉,它们相互牵连与叠印,折射出诗人内心的起伏与人生的走向。

散落在各地的文人，即使此前并不相识，他们也总是要通过曲折的途径，寻找精神上相通的盟友。2001 年春天，东照通过我所熟识的文友朱景涛，得知了我的联系方式，遂打电话约我品评他新出的诗集。不久之后，我便收到了他那本带着春天温馨气息的诗集《漂亮歌者》。说句实话，我虽然喜欢读诗，也曾写过几首不成样子的诗，但诗歌评论对我来说却是陌生的。为了远方不相识的信任，我怀揣着内心的恐慌，为他写出了后来发表在《南阳日报》上的诗评《精神的守望者》。没承想短短几年之后的 2003 年冬天，我又收到了他的第二本诗集《行走的月光》。这次，他又约我写篇东西。此时的我，正困惑于一场工作上的变动，虽然读了他这本集子中的诗作，但也许是心境的缘故，也许是他诗歌的一贯性使我产生不了更多言说的欲望，便迟迟没有动笔——硬作出的文字大抵是没有多大意思的。这也是我欠东照的一笔文债。此后，我忙着我的工作、生活与读书、写作，东照也依然在不停地写自己的诗，后来听说他又出版了一本叫《另一种叙述》的诗集。

整体地观照东照的诗歌，我感受最深的是他诗歌的流畅与优美，这也许是因了他既是美术专业毕业，又经常与音乐接触的缘故。中国的传统文化中，诗歌、书画、音乐本来就是密不可分、相辅相成的。诗中有画、画中有诗，就是中国古代的诗人或画家惯常追求的创作效果。作为一个心淡如菊的诗人，东照的诗歌无论是对故乡的亲人、物事的回望与抒写，或是对自然界中的花朵、月光、大雪等的诗意抒怀，还是对酒吧、网络等现代城市生活标志的内心感悟，大都是他内心情绪的流露和内在精神的流动，那一行行如被月光洗过的诗句，似乎就是他在白天或黑夜的梦中自然而然发出的呓语。读完他的诗歌，我们的心理上会不由自主地滋生出由衷的愉悦和快慰，那是一种洁净的心灵的歌吟，那是一种流淌着的精神的美丽。特别是他诗歌中那流畅的叙述和清新的气韵，会让人产生出仿佛静坐于晓月初升的杨柳岸边、置身于清风吹拂的溪流河畔的感觉。

在一个物质化的时代，诗歌更多地是诗人唱给自己的心灵之声，像汶川地震后出现的诗歌运动，广大的普通群众都热情地参与了进去，这在诗歌史上毕竟是一刹那的事情——短暂的热闹之后，诗歌又恢复了自身的平静。但东照对诗歌的前景和自己的诗歌一直充满信心，时至今日，他一直坚持不懈地在诗歌的月光里啜饮人生甜美或苦痛的滋味。特别让人惊叹和感佩的是，在当下众多诗人、作家的作品集子销售不出、积压手中的情况下，东照第一次自费出版的诗集，凭着他的坚定与执着，圆满完成了5000册的发行量。这样的结果，不论是诗集有了读者也好，还是诗人有了收益也好，重要的还是诗歌的月光行走得越远，诗情感染人心的覆盖面就会越大，这当然是一件再好不过的事情。

作为一个年轻的乡村歌者，漫长的诗歌写作历程，不懈的精神追求，终将使东照超出地域的局限，在繁星闪烁的诗歌天空中，找到属于他自己的那一颗星……

2008年9月9日~10日

# 花洲姝媛　红袖美文

——我的文友杨娴娉

九百多年前,当北宋的一代文豪范仲淹在邓州修建花洲书院,并端坐春风堂,仅凭驰骋千里的想象,挥毫写下传唱千古的名篇《岳阳楼记》的时候,他决然不会想到,他所孕育的文脉气韵会在南阳盆地这一偏僻一角经久传承。时光流转到现当代,姚雪垠、二月河、周大新、周熠等若干成名作家已经毋庸再说,单是如今在网络或报刊上异常活跃的那群文学红袖,或结社唱和,或撰文印刊,也足以惹人眼球。擅长散文写作的杨娴娉,就是这群红袖中耀眼的一位。

邓州深厚的文化,在娴娉的身上有着深深的烙印。前些年,当她在搜狐网站开设博客时,就毫不犹豫地为自己起了个与众不同的网名——花洲姝媛,从这里面我们能够看出,她既有对故土文化的依恋,也有渴望创作出美文的理想。爱美的娴娉,爱文学的娴娉,常常流连在清幽文雅的百花洲上,仰望先贤,俯首沉思,继而以她那滔滔不绝的才思流泻成一篇篇花团锦簇般的美文。

爱美大概是女人的天性。一个爱美的女性作家,也许才能把文章写得像花儿一样、像女人本身一样的美。周游山水之间、盘旋树花之中,娴娉总是要留下一些以自然之美为背景,显出女性高贵气质和诗意氛围的留影。今年春天，娴娉从我家乡的望花湖边轻轻走过，湖东边那片开满不知名的小黄花的高丘上，留下了她席地而坐，年轻、清新而又文气的倩影。

娴娉爱美，但她更爱文学，而一个爱文学的女人，会为她的美注入更深层次的内涵，这就应了那句“腹有诗书气自华”。像李清照、张爱玲这些古代和现代的女子，她们的美又有哪个仅是因了她们姣好的外在容颜呢？打开娴娉的搜狐博客，我们能够看到那一篇篇饱含着她的智慧和汗水的美文，也能够看到每篇博文之后都会留下众多博友充满热情与赞誉的留言。因了她博客文字的美文风格，2006 年她还被搜狐博客评为“闻博识女人”。我想，这些在虚拟世界通过文字交流的博友们，他们对博文好与坏的评价，博主容貌应在其次，其博文当为根本。

网络上流行的文字，往往以语言的轻灵、迷漫、诗意取胜。娴娉早期的散文许是受了网络文字的影响，也难免具有这样的特点，如《秋思落谁家》《明月来相伴》《残缺的美》等。这些文章中，她那古典与现代相结合的诗意语言，空灵又凄美，往往让人读之产生如梦如幻的感觉。但与惯常的网络散文不同的是，娴娉的这些文字往往会在诗意的叙述之中略带追索人生和时光的感慨。随着写作的不断深入，娴娉已经不满足于这种近似于文字游戏的表述方式，而是借助于文字来表达个人或他人的人生经历、经验与感悟，这使她的散文提升了一个层次。这便有了她的另一批散文，如《芳龄凄凄》《梦露的绝世悲情》《凝望陈晓旭》《王洛宾金银滩遗梦》等。在这些依然语言优美的文字中，娴娉注重了对人情、人性与命运的挖掘与呈现，她的散文由此开始突显出厚重的质感。在她近期的散文创作中，我注意到，她把写作视角又转向了对精神生活的参悟，《渗透纸背的忧乐情》《苏坟寺听雨》《纸上图腾》等一批散文的出现，标志着她的散文创作渐趋于成熟。她的这些散文，渐渐脱离了小女子散文恨情愁绪的局囿，美丽与坚实的文字中，渗透出的是她对人生大境界与文化人格的解读与皈依。对于娴娉的这种写作观念不由自主的转变与探索，在我看来，将会使她的散文作品具有更长久的生命力。

一个爱美的女人没有错，她的生活会因此更多地沾染上浪漫与温情的色彩。一个追求美文写作的作家也没有错，特别是作为一个爱美的女性作家。但我在细察了娴娉截至目前的散文创作流程之后，我不能苟同为她的散文绝对地贴上时尚美文的标签。如果说她的早期散文尚能如此论说的话，那么她后来的那些散文就更多了一份精神指向——虽然依然披着一袭华美的语言外衣，但其质地已显得坚实而又纯正——在美丽的贝壳之内，潜藏着晶莹剔透的珍珠，不是更好吗？

2008 年 9 月 11 日

# 质朴简约　淡定沉实

——我的文友张简

今年春天，我和来自南阳、平顶山和商丘的一干子男女作家同游石漫滩水库，其中就有来自南阳的“四朵金花”——马蕾、花洲姝媛、东篱明月和张简。一路上，张简那衣着朴素、不施粉黛，一副大大咧咧而又不事张扬的样子，给我留下了深刻的印象。漫步在微风吹拂的石漫滩水库岸边，我与张简有过一段关于生活与文学的交流。作为一名喜欢文学的女警察，无论是对于生活，还是对于文学，她都有着较为质朴的观点。后来我阅读了她的不少作品后，才印证了她所言不虚。

20世纪70年代初出生的张简，早期写诗，曾出版过诗集《蓝风》，后来诗写得少了，主要以散文创作为主。关于她的创作，女作家张天敏在《张简不想玩高雅》一文中有过精辟的论述。她说：“二月沿堤看柳，我想起了张简的文笔，她的笔端仿佛天生地造了一段淡定沉实的质底，从不作绮文丽篇，更没有披红挂绿的婀娜，却在二月新柳似的清淡叙述里，给人以无穷回味。”“她的笔力和才情很少在花前月下雪后雨中动用，而是对三秋叶落后的过往记忆，这些记忆虽贴近冷酷和悲惨，却都是繁华摇落后的凝思与回眸。”读过张简的散文作品，我认为天敏的论述大抵是贴切和准确的。

对于和平时代的散文写作，作为作家特别是女性作家，外在容貌的靓丽和文字外表的华丽，往往比作品内里的质地更容易博得看点。对于张简来说，早期写诗的功底，无疑能够使她很轻松地为她的散文作品增添不少葱茏的诗意。但实际上她并没有沿着这样的写作路子去走，而是常常以简约晓畅的语言，通过对历史、现实、心灵的透视与凝思，娓娓道出一番属于知性女子的内心感悟。在《慢慢地陪着你走》《乡村的月光》等散文中，她以时光和月光为切入点，用纤细的心灵之维，感慨着生活中的变化和岁月的变迁。在《做一片叶子》《扬麦》等散文中，她从一片白杨树叶子和扬麦的场面生发开去，道说着生活中朴素的哲学。在《白素贞的错误》《在繁华中转身》等散文中，她以民间故事中人妖相爱的传说和现实中相爱的男女往往被金钱、权力所遮蔽的故事为载体，解析着爱情的悲欢离合和真谛。在《洛城飞花》系列散文中，她通过历史的眼光，喟叹着朝代兴亡、红颜薄命和墓葬文化的悠悠往事。而她散文作品中我最为看重的，是她的城市系列散文《慢镜头》。在这组尚未写完的散文中，她以城市公园、网名、名片、手机、洗脚城、歌厅、电影院等城市的现代元素为切入点，用细致、扎实的笔触，真实再现了城市诸般生活场景的细节和作者内心深处的细微抵触或感动，既呈现出了城市生活日新月异、光怪陆离的多重变奏，也展露出了置身其中的女性作家的冷静态度和客观思考。只有在生活中淡泊从容的人，才有可能在文字中静静地思考人生、世相和心灵的诸多问题。

在张简这些充满思考的散文作品中，她总是在不断地变换着写作手法，有的简约明了，有的一唱三叹，有的冷眼相看，有的饱蘸情感，使我们从她那淡然谦和的文字中看到了她与众不同的才情。这让我不禁想起林语堂在《说本色之美》一文中曾经说过的一番话："文人稍有高见者，都看不起堆砌辞藻，都渐趋平淡，以平淡为文学最高佳境；平淡而有奇思妙想足以运用之，便成天地间至文。"张简的散文作品当然还称不上“天地间至文”，因为她毕竟还很年轻，写作的路也还很长，但作为一个女性写手，能够有这样的写作态度和追求，也是难能可贵的。

张简在繁忙的工作之余坚持个性写作，同时，也在不遗余力为地方文学的发展做着不懈努力。2006年仲秋时节，她发起、成立了由邓州多位女性作家参加的“红袖文学社”，并在艰难中创办了社刊《红袖》杂志(后改为《花洲》)。随着刊物知名度的扩大，南阳的苏菡玲、一地雪、马蕾等女性作家陆续加盟其中。《红袖》杂志以选发女性作家的美文为主，并配发南阳内外知名男性作家的作品，刊物质量之高远远超出了县级的创办水平。一时之间，红袖之香远飘南阳内外，二月河、杨稼生等著名作家纷纷题词鼓励和赐稿支持。“红袖文学社”的斐然成绩，已不能用“一枝红杏出墙来”形容，而应是“红杏枝头春意闹”了。

张简，这位朴实的女子，她那充满慧心的知性文字及她对南阳女子文学发展的痴情奉献，使我这样一个偏居南阳盆地一角的同道中人，不由得生出几分感动与感慨！

2008年9月12日

# “我的文友”系列创作感言

中秋佳节,花好月圆,是一种对良辰美景的向往和期待。2008 年中秋节来临之际,“我的文友”系列创作也要宣告暂时停笔。但回首这个系列的创作过程和最终产生的效果,心中不免惴惴。

今年 7 月在南阳和几位文友相聚,突然萌发了写写几位文友的念头,但说实话,那时并没有想着要写这么多人。最终写出这么一个系列的文字,全在于《南阳广播电视报》的副刊编辑徐道胜兄及其报社领导的大力支持。文友一个个地写出来,报纸一篇篇地发出来,使我深深感动于这家报纸对南阳青年作家的深切关爱和对南阳文学事业发展的无私襄助!在此,我只能由衷地道一声:谢谢!

“我的文友”系列从段舒航始,到张简止,凡十四人,写作历时一个半月。这些文友中,有写小说的,有写散文的,有写诗歌的,也有多体兼备的。这些文友皆为南阳籍青年作家,他们虽然散居各地,但平素与我均有所来往。南阳作为一个一千万人口的大市,历史文化积淀丰厚,文学写手众多,我这次所写既然为“文友”系列,纯粹老师辈的大家当然未敢去写——仅有个别自以为亦师亦友的斗胆列了进去,当然还有许多优秀的写手由于我视野的局限只能割爱,还有近两年来别的同道和自己已写过的,以为再写也写不出新意的,也就没有再写。

写这组文字的初衷,本来是想道说文友之情的,但随着写作的演进,便变成了文友的人和文在我心目中的印象。既然是印象,那我眼中的文友的人和文便仅仅是我眼中的而已,至于别人怎么看,那便是见仁见智的问题了。无意的写作,渐渐勾起了我的写作意图,那便是希望通过这组文字的写作,能够为文友们在寂寞而艰辛的文学征途上呐喊一声,借以使其提一提精神,好继续充满勇气地前行。这声呐喊虽然微弱,但于我来说也是尽了一份心的。当然,文学写作是一项孤独的事业,是一个人精神的战争,就好比奥运比赛,有那些英雄的运动员在赛场上奋力拼搏,也是需要有几声场外观众的助威声吧!

这组文字,我写得很随意,随意之中说友情,随意之中道人品,随意之中论文章。当然,在这组文字的每一篇章中,我都极力想表达一些自己对文学的看法和理解,因此有些文字看起来像是闲笔,或者会给人以松散之感。这种写作风格的坚持,道胜兄给予了极大的鼓励和支持。一路写下来,我也有点后怕——写这么多作家,如何写出每个人不同的为人、为文的个性,于我来说着实有些难度。因为,每一个人只能是“这一个”,每一个作家的文章也只能是“这一个”,就像一棵大树上繁密的树叶,纵有千千万万片,但每一片都不会重复,也无法复制。

在这组文字中,我尽可能客观地品人论文,当然,既然我是由人及文地去写,也就不可避免地带着浓厚的情感色彩和个人化倾向。也许是出于对南阳文学发展的热望,这些文字中,我批评的不多,更多的是帮着文友们梳理创作的流程、思路和发展方向。每个作家,都应该有与众不同的写作路子,只有按照自己的写作路子坚持不懈地探索与超越,才有可能最终走向属于自己的辉煌和顶点。

南阳作家群的后续发展问题,让世人关注和忧心。我以为,这其中最为重要的是要靠作家个人艰苦卓绝的努力,但也是需要有一个良好的文学生态环境的，相互之间无谓的倾轧、指责，只能在内部耗费精力，而只有相互的扶助、善意的批评和自我的创新，才会有助于南阳文学事业的整体提高。没有水分和营养的土地上，是断然长不出好的幼苗乃至擎天大树的！

我最终所希望的是我的这组文字万万不要成为南阳文坛上鼓噪的声音，而是能够成为文友们心中的一支清凉剂，通过重新审视自己的创作，力争在未来的日子里写出更好的作品，以便为南阳文学的这棵大树增添一些常青的色彩！

2008年9月13日

# 第二辑　解读文本

# 韩向阳小说的美学特征与情绪基调

在南阳作家群中，在小说艺术探索的道路上走得较远且在国内成绩显著的小说家有两个，那就是行者与韩向阳。他们的共同点都是不满足于过去中国传统小说的写作方法，着力从西方现代派小说家那里借鉴写作技巧，并将其有机地融入自己的写作实践，从而使他们的小说具有了与世界共舞的内在特质。不同的是，行者更加着意从中国传统文化中选取意象，用心灵的梦幻与呓语来结构他的小说，而韩向阳却善于以历史和现实作为背景，用理性的眼光来构建他的故事，审视他笔下的人物。纵观韩向阳的小说，我们可以明显感到，无论是在南阳文坛，还是在国内文界，他的小说之所以能够得到广泛赞誉，就在于他的小说能够将叙事之美与故事之美很好地结合起来。《野村》和《玉米林随风起舞》两本小说集及其新近创作的小说作品，都体现了他的这种创作风格。

作为一个成熟的小说家，韩向阳有着自己特定而稳固的创作活水。概括起来，他的小说创作大体可以分为抗战、土匪和现实三个方面的题材。写抗战的有《子夜刺杀》《遥远的麦田》《玉米林随风起舞》等，写土匪的有《大王》《大眼》等，写现实的有《夏天的杀局》《“此在”之门》《虚无过程》《飞》等。在他的小说中,有时又不是单一地写历史或现实,而是充满着历史与现实的交融,如在《玉米林随风起舞》中,既有“我”与情人柳娜的风流故事,也有“我”母亲米妮的爱情悲剧。

但作为一个成功的小说家,重要的不是写什么,而是怎么写。韩向阳虽然长期在西峡农村工作和生活,但他的艺术眼光却是世界性的,是直抵文学的本质的。他在创作谈《我与文学》一文中曾夫子自道:“文学为什么一定要关注社会,关注人生?文学就是文学,文学是语言的艺术,是结构、解构,语义分析,是纯粹的形式,是作家自己的事情,是语言自身。”他是这样说的,也是这样做的。这也就决定了他在小说创作中对自在文本的追求。

韩向阳的小说有着叙事的错迭之美。他的小说的叙述方式,总是闪现着西方现代派大师博尔赫斯、卡夫卡、马尔克斯的影子。他打破了传统小说的线性叙事方式,运用意识流、魔幻主义、全知叙事、第三者视角等艺术手法,有意将小说的故事情节进行了拆解,从不同角度叙说,反复地叙说,对故事的悲剧氛围和人物的特殊命运着意强调。在《夏天的杀局》《子夜刺杀》《十层大楼》等小说中,自始至终都充满着小说人物的心理流动。同时,时间、空间不停地错迭出现,临死的人会想起多年前死去的人正是自己,甚至死去的小说人物在小说中再次复活,是现实,还是梦境,充满着魔幻主义色彩。在一些小说中,他设置了多个视角,对人物的命运进行讲述,相互补充。在《玉米林随风起舞》中,对“我”母亲米妮的爱情悲剧,既有历史资料提供的背景,又有经历了那个时期历史的老头的叙说,也有柳娜的讲述。通过多种叙事方法和视角讲述出的小说故事,虽然在阅读时给我们设置了障碍,但也使我们领略了他小说形式的繁复的魅力。就像从博尔赫斯的小说迷宫中走出之后,我们会更加幽长地回味小说的神异韵味。

韩向阳的小说有着语言的幽默之美。他的小说,总是像米兰·昆德拉的小说一样,充满着调侃和幽默的味道。作为一个科班出身而又在乡村生活多年的作家,他的小说中,既有文雅的幽默语言,也有通俗的幽默语言。在《“此在”之门》中,当欧教授被巡逻队当作坏人关在小黑屋里,浑身又冷又饿时,作者写道:“教授现在脑海里浮现出海德格尔在分析人和世界的关系时所使用的‘当下上手状态’那句话:‘在繁忙活动中,可能会碰到一些切近上手的工具,它们对自己的确定用途来说是不合用的或不合适的……’海德格尔仿佛知道欧陆沉教授今夜要被关挨饿、找不到稻草似的……”当时,屋里只有一张破木椅和破木箱,但它们都是既不能抗饿也不能保暖的。在《飞》中,当村人诅咒飞扬跋扈的村长有了孙娃儿准没屁股眼儿时,作者写道:“后来村长果然有了孙娃,但屁股眼儿长得好好的,一个零件也不缺。可见村里人说也是白说。”他的小说语言的幽默,既让我们在阅读时忍俊不禁——有时也会让我们满含热泪地笑,又将一些道理和哲理风趣地撕开给我们看。

韩向阳的小说有着故事的冷凄之美。他对小说形式是痴迷的,但他只是把它们作为挖掘人物内心世界、呈示人物命运的手段。他的小说语言是轻松的,而轻松是表面的,底里却是沉重的。他的内心似乎天生充蕴着悲剧精神,在他的一系列小说中,小说人物的命运总是悲剧性的,死亡总是阴魂不散地萦绕着他们。在《夏天的杀局》中,邱杨在真实与梦境中斧劈了强奸女友夏苹的孔建。在《“此在”之门》中,欧教授在经历了妻子与最器重的学生通奸、与妻子分居后的孤寂生活,以及被当作坏人关进小黑屋受尽了思想的煎熬后,喝老鼠药自杀。在《大王》中,老大王糊里糊涂地被小九杀死,而小九只不过是被人利用,自己不但没有当上大王,而且自己千辛万苦所要寻找的恋人柳桃红也成了新的大王的老婆。在《虚无过程》中,大建被采矿的炮炸死,然而却不是意外,而是谋杀;葛兰因了这一事故,变得疯疯傻傻,由一个原本美丽的女人,变成了一个失去应有魅力和存在依据的女人。在

《玉米林随风起舞》中,米妮本应与常有有一份非常完美的爱情,但却不幸在玉米地里被土匪刘若钦强奸,为了保护自己的贞节,她又因窝藏土匪刘若钦而被枪决。在《飞》中,李来战总是在向生活和世俗不断挑战,先是费尽了千辛万苦甚至牺牲了自己的婚姻制造出了摩托车,后是为了建造飞机不惜流落他乡甚至不顾妻子离自己而去,当最后终于像骑着瘦马的堂吉诃德一样,乘着自造的飞机"飞"向悬崖时,其实也就是他生命的终结,也是他一生挑战的完成。这种悲剧意识和死亡意识,几乎贯穿他小说创作的始终。

韩向阳的小说又具有显在的批判精神。他的小说总是在揭示着人的一些本质性的东西。在《玉米林随风起舞》中,在那个特殊时期,米妮被土匪刘若钦强奸后,不是像别人那样去追杀刘若钦,而是把他藏起来与其过起了地下生活。这里面,既表现出了米妮坚强执着的性格特征,也揭示出了人性深层不可言喻的东西。但不管米妮是一个多么悲剧性的女人,我们都会为她的执着所感动——尽管这种爱是畸形的。在《遥远的麦田》中,为了收割自己的麦子,马金怀不怕死亡,毅然返回故乡的举动让人敬佩。在《大眼》中,大眼付出了瞎眼的代价要杀张团长,但他不知道,自己的寨主和张团长已经成为了"一家人",他最后的自杀不但失去了应有的价值,而且让人感到可笑和寒心。在《金砖》中,作家对人对金钱的贪婪、对人的言而无信进行了入木三分的揭露。但不管是作家的悲剧意识也好,还是批判精神也好,都不能够遮掩住他小说中流淌着的对人的深厚情感。读完《遥远的麦田》《玉米林随风起舞》等篇什,面对作品中人物的命运和遭际,又有谁不会发一声由衷的感叹,又有谁不会掬一把感动的热泪呢?! 由此我们可以看出,在韩向阳的小说中,无论怎样描写,他最终关注的都是人的生存困境,都是人物内心的梦想与怅惘。

作为南阳作家群中的实力派作家和河南省文学院的签约作家,韩向阳目前正在创作他的首部长篇小说《离自己太远》,讲述 20 世纪 60

年代一个大学生回乡修桥所引发的一系列故事。我们相信,在日益浮泛的现实中,只要坚守住自己的内心理想和艺术追求,韩向阳一定会在小说创作中取得更大的成就。

# 生存的真实与写作的真实

生存的真实与写作的真实对当下的许多作家来说,已是一个老掉牙的文学命题了,甚至一提到生存或生活的真实,他们就会嗤之以鼻:都什么时代了,还玩儿这小儿科!当他们疏离生活,闭门造车,写出无病呻吟的东西发表在国内一些重要刊物上,糊弄着读者时,他们还天真地以为自己写出了稀世奇作。他们只是以为自己是高贵的,文学已成了少数人的事业,经济大潮的冲击是文学越来越边缘化、读者越来越少的原因,殊不知这些作品自身的贫弱是读者不愿认真捧读和越来越少的根本原因。什么是这些作品贫弱的基本特征?简单地说,就是虚张声势,更多地是对西方文学大师们文学技巧的拙劣模仿甚至翻版,而没有从自己的内心出发,去艺术地抒发生存、生活的本相与独特的思想、思考,呐喊出心灵深处真实的声响,他们甚至害怕面对生活的真实与自己灵魂的真实,从而使他们的作品在失去写作真实的同时,也在大面积地失去读者。这已成为当下中国文学创作面临的最大困境,却没有引起文学界的足够重视,象牙塔成为众多作家蜂拥攀登的终极目标。当然,一个作家有自己选择如何写作的自由,但如何写作仅仅是一个载体,重要的在于作家如何通过这个载体,来传达自己内心的真实和对生活、生命和世事的认知。

在这种态势下，我阅读完了刘正义近年的小说。通过他的作品，我们能够看到他用内心追忆和摹写过往生活的勇气和毅力。正义在做编辑之前，曾经先后当过农民、流浪者和教师。在他的小说中，他往往善于以一个亲历者的视角，讲述 20 世纪 70 年代的学生、教师、农村青年和底层各色小人物的生存图景和心理轨迹。虽然不能把他的每一篇小说、每一个故事情节都与作家的生活经历相等同，但这些作品又确实浓重地涂抹着作家本人过往生活经历的痕迹，甚至个别小说可能就是"照本实录"。虽然那个时代我年龄尚小，但由于我和正义同样是出身农民，同样经历了生活和心灵的坎坷，这使我在阅读正义的小说时有种亲切感，他的许多小说章节我仿佛都在真实与梦境里亲历过一样，这增加了我解读正义小说的信心。

正义的小说基本都是站在现在的时间点上，对 20 世纪 70 年代那个特殊岁月的生活进行遥望、追忆和缅怀。青年文学评论家谢有顺说："缅怀是一种废墟上的凭吊，是一种向下的抒情，或称向后的抒情。人本能地都想在时间的追忆中保持自己印象中的美好事物，这虽然无法让它在废墟中站立起来，至少还表达了一种怀念，这种情感是美好的。"的确，在先锋作家们在小说中绝望地虚构历史和描写灰暗人生与世界的时候，正义却在他的小说中重温着那充满苦难和温暖的过往岁月。我在正义小说中首先看到的，是他对过去岁月的满腔深情。建在文庙旧址上的学校（《我们是园丁》），学生时代的夜壶，心地善良、对妻子充满一腔柔情的汤校长（《学殇》），善良的四爷、那头小弟爱之如命的猪（《我们家的猪》），一心为村民办好事的五爷（《1971 年的电灯》），不敢送行的吕家小妹（《七道沟》），充满劳作艰辛和快乐的东风水库（《桨歌》）等，这些过去年月的人和物无不凝聚着正义浓烈的爱意，沾染着他极具个性化的情感色彩，因而也就使他的小说文本呈现出抒情化的格调。

我们背着寒酸的行李走出了校门,破败的校舍在寒风中颤抖着似乎和我们作别。临走时,我们把那个精致的夜壶小心地放在了走廊的夜壶摊上,我们不忍心弄碎它。

再见了,母校！再见了,夜壶！

我们大家在挥手作别的时候,眼睛里分明饱含着泪水,无论是男生还是女生。(《学殇》)

……那天我上了火车却不敢大步走,每一迈步都蹑手蹑脚的,更不敢像别的旅客那样咚咚地蹬踏车厢地板,因为只有我心里最清楚,人家坐的是火车,而我坐的却是我们家的猪！(《我们家的猪》)

几年之后,在大学毕业后等待分配的日子里,我来到了东风水库。当我再次看到它巨龙一样的坝身在阳光下逶迤的时候,我在心里喊道,久违了,东风水库,我曾经流过汗水,淌过泪水,但也得到了汪文兰姑娘温情的地方,你还记得我吗?(《浆歌》)

当读到这些朴素而蕴满真情的章节时,我常常禁不住热泪盈眶。这就是文学的力量,这就是生存在真实写作中呈现的力量。这常常使我想起路遥,想起多年前阅读路遥的《人生》《平凡的世界》等小说时的感受。这些带着甜蜜和辛酸的追忆,成为正义小说创作的一个基本倾向。面对苦难,各人有各人不同的态度,有的人选择逃避,有的人选择诅咒,而正义则从这些苦难中挖掘出了人性的美和动人的意蕴。其实,一个作家面对苦难的态度,又往往决定着他作品的品格和品质。但我不是说正义是在赞美甚至赏玩那种生活、那种生存状态,而是一个作家的任务就在于能够从平常生活中发现内心的动人秘密。

当然,在正义的小说中,也有对那个特殊、贫困和凝滞时代人物命运的深切观照。以哭儿为生存方式的别氏、经常遭丈夫毒打的姜氏、无端受辱的皮氏(《小村三氏》),对政治极度热衷的王丙寅(《碾道沟》),一心期望熬膏药的祖传秘方后继有人终又失望的膏药陈(《膏药陈》),靠放鸽子一边挣钱一边满足性欲的十一婆(《十一婆》),等等,这些底层的小人物,都成为正义洞悉那个时代悲剧意味的活标本。但在正义的笔下却体现出了更多的温情,他没有让人物听从自己命运的召唤,在作品中独立完成了自己,而往往是以叙述者的身份来消解着悲剧人物的悲剧命运。在《碾道沟》中,他让王丙寅为群众修路来达到赎罪的目的;在《十一婆》中,当十一婆因放鸽子被抓时,他将笔触伸到当下的生活中,为十一婆作着让人生疑的辩护。

> ……和如今那些如过江之鲫一样徘徊在每一个城市街头的靠出卖色相,每一个人都是假名假姓假地址,每一秒钟都在卖弄假情假意假温柔的"三陪"大军相比,十一婆们做得也不算太过分。所不同的是,十一婆们害的大多都是穷光蛋,而如今三陪小姐们宰的大多都是大款或拿着公款享乐的所谓公仆们。(《十一婆》)

这种从过去生活伸入当下生活的议论性文笔,在正义的小说中比比皆是,它们在很大程度上是正义的一种叙述策略,一方面能够在更广大的历史空间里展示人物的命运,另一方面又能增加作品的真实性。但在这里,却没能达到应有的艺术效果,只能突出正义对笔下人物的爱之深切。当然,一个人既有爱也有恨。如果说正义对十一婆、王丙寅是过于怜悯的话,那么对用鞋底无端殴打善良皮氏的广娃,对鸡奸学生庆林的温校长,则是发自内心的厌恶甚至仇恨了。

> 这个戴着近视镜,寻花问柳,衣服洗得干干净净,从不下地干活,到处钻营,长得像汉奸翻译官一样的人,提起他的名

字我就像想到一条令人厌恶的眼镜蛇。我终生难忘他用鞋底扇我们村善良的毛皮匠皮氏的脸的情景。让这样的丑类活在世上,并在日后的改革开放的年代发了大财,听说还用钱买了个县人大代表,在街上走路脖梗子伸得老高,简直就是我们这个时代的耻辱。我永远鄙视这样的恶棍。(《小村三氏·皮氏》)

……我对这个姓温的产生了极大的愤怒和鄙夷。我眼前出现的是庆林屡蒙羞辱,万念俱灰的神色。我像吃了一只苍蝇。我以不容置疑的口气,声色俱厉地对他说,你不要再提那件事,你不要再托我办任何事,你也不要再去找庆林及其家人,如果你不想自讨苦吃的话,我请你现在就滚,现在!(《布告》)

这些文字在表达对皮氏、庆林同情和怜悯的同时,对广娃、温校长丑恶的心理和行为作出了毫不留情的揭露和批判。至此,我才明白,正义不是个善恶不分的人,不是个"护短"的人,对自己笔下的人物,他自有自己丈量的尺度。他知道如何按照自己内心的真实,来凝聚小说人物的骨架和血肉。但不论正义对他笔下的人物是爱也好是恨也罢,他都没有更深层地叩问造成人物悲剧命运的原因何在。

正义小说中让人心酸的,还有对爱情与性的描写。他笔下的人物的爱情,几乎没有一个是有始有终拥有幸福感的,除了五爷与二寡妇在牛棚的幽会(《1971 年的电灯》)、吉昌与二妞的野合(《纪念》)之外。汤校长非常疼爱的丑陋妻子因病而死,续娶的是一个更加苍老丑陋的老处女(《学殇》);铁栓与枣花明知道没有结局,却展开了一场有始无终的恋爱(《一片汪洋》);吉昌爱过自己不能娶的女人,占有过自己不爱的女人,最终意外而死(《纪念》);"我"和汪文兰仅有一次夏日午后的亲吻,故事就没有了下文(《浆歌》);"我"和吕家小妹的情感甚至还没有开始，“我”就因考上大学而远走(《七道沟》)；等等。

我不知道，正义为什么对爱情的描写总是以残缺不全而收场。是他不喜欢花好月圆吗？当然不是。是他有意要赚取读者廉价的感叹与泪水吗？当然也不是。我想，除了那个时代禁锢的原因外，也许是正义的坎坷人生经历和内心深处的自卑情结在发挥着作用。爱情，只不过是贵族阶层的装饰品，平凡如草芥一样的芸芸众生，他们最大的根本只能是如何生存，爱情对他们来说，只能是可望而不可及的奢侈品。这更增加了小人物身上爱情的悲剧意味。

正义小说中的爱情是残缺的，性在他的小说中更是缺席或是错乱的。铁栓和枣花只能在红薯窖和电影场里体验青春拥抱的激情(《一片汪洋》)；“我”和汪文兰的激情被一只狗打断(《浆歌》)；吉昌和二妞只能在“红宝书”的遮掩下进行交合(《纪念》)；有仓恐惧那张婚床，最终导致田妞与玩猴人私奔(《膏药陈》)；先天痴呆的崔天才甚至没有和王惠上床，就尿湿了裤子，王惠只能和老公公过着扒灰的日子(《碾道沟》)；只有在梦中，“我”才敢放肆地和女学生辛晓凤创造激情(《我们是园丁》)。正义正是通过对底层人物生存状态、苦涩爱情和缺失的性爱的描写，重温着那个时代的美好和辛酸，揭示着那个时代人物命运的凝滞、悲哀、无助和痛苦。这种真实的追忆，作为正义个人的生活和历史经验，构成了他与众不同的文学世界。

也许是那个时代馈赠给正义的东西太多了，过去那些年的写作，他几乎无法躲避那个时代生活的诱惑。他的痛苦和梦想，都在他那个时代的一系列小说中涌动着。而他的小说集《纪念》的出版，是不是意味着他要向过去那个时代告别，以寻找新的小说的可能性？这是我最近在看了他的小说《生命之河》之后的臆想。这篇小说与他过往的小说迥然不同。在这篇寓言式的小说中，正义竭力在回避着他过去那种写实的笔法，用全新的叙述方式和语言讲述了一个关于两条河流的故事，揭示出了人生的哲理，使我读出了新的兴趣和意味。

但无论是生存的真实还是思想的真实,都需要作家“走向内心,探索生活发源的深处”(里尔克语),继而在文字中完成对生活和心灵的艺术锻造。《生命之河》也许就是正义小说创作走向新的可能性的肇始。

# 深情弹吟往事的胡琴手

——评刘正义小说集《胡琴手》

继《纪念》之后，正义又出版了一本小说集《胡琴手》。像读他的《纪念》一样，读《胡琴手》我再次读得热泪盈眶。不是我矫情，在这个物质主义至上的时代，谁还会为了一本小说来倾洒自己的一捧热泪呢？而关键在于，在这个小说写作乱花迷眼的时代，谁还会正襟危坐、一本正经地向你讲述内心的感动，倾吐内心细微的颤动呢？我之所以感动于正义的小说，就在于他的小说中饱蕴着让人感动的生动的生活细节和内敛而又热烈的真挚情感。

正义总是有种难以释解的底层意识和怀旧情结。在他的小说中，他总是像一位充满温情的胡琴手，饱含着几多怀念，饱含着几多叹息，对20世纪70年代艰难而又快乐着的底层生活进行着舒缓而又深情的抒写和歌吟。就像正义自己所说，他几乎所有的小说写作都是“为草民作传，为卑微的灵魂歌哭”，他甚至还发自肺腑地说，“我不会吝惜我的泪水”。看完正义的小说，我深深地体会到正义对小说写作的夫子自道没有半点虚言。通过对在东北当盲流时种菜、农村生产队时的生活场景、下乡知青的农村生活经历、充满艰辛的拉柴、乡村爱情的无限悲情、农村教师生活的种种等底层生活的描写，正义写出了一大批具有鲜明的性格特征和不同的生活命运的底层人物。这些弱小人物身上,或是充满着善良,或是充满着艰忍,或是充满着不幸。他们虽然像草木一样普通和平凡,但却成为正义小说写作的永恒主题和歌咏的对象。

当下的不少作家,对小说写作技巧的追求几乎达到了无以复加的地步。当然,出于艺术角度的考虑,这也无可厚非。但阅读完正义的小说,我却找不到任何哗众取宠的写作技法,有的只是充溢在字里行间的真情。这种真情,成为他描写生活、展现人物的浓厚底蕴,也成为凝结他的小说文本的重要支撑力量。这种真情的喷涌,也使他的小说充满着浓重的散文化倾向。他小说中的不少篇什,其实就可以算作满蕴真情的纪实散文。之所以如此,是因为在正义的小说写作中,融入着他太多的生活经历和对过往生活的情感。就连他自己也说,他的一些小说中“肯定有我的影子”。从“我”出发的小说写作,不仅使作品的底里濡染着作家的喜怒哀乐,而且也使作品具有了深深打动读者的内在因子。这样的小说,是能够经得起时间和读者长久的考验的。我们知道,像鲁迅的《故乡》《社戏》和郁达夫的《春风沉醉的晚上》《薄奠》等不少小说,都是这样的优秀作品。

正义的小说又是写实的,这不仅表现在他的小说真实地呈现出了他经历过的种种农村生活场景,而且也表现在他的小说往往能够在朴实的表述中,将人物内心的复杂心绪一览无余地展现在读者面前。虽然他笔下的人物都是一些小人物,但这些小人物也都有各自的想望和追求,他们有些实现了自己的卑微愿望,但更多的是他们不得不经受生活和心灵苦难的折磨而终了一生。就像我在一篇小文中写过的那样,人的一生,其实就是挣扎的一生。只不过在正义的小说中,他所构写的人物不论经受怎样的磨难,都能够始终凭着一种与生俱来的勇气,或热烈或沉静地活着和做事。

正义小说描写的那个时代,对我们来讲已经越来越遥远,他笔下的那些人物是那个时代特殊的产物。正义用他一唱三叹的文笔,悠扬深情地频频回首,源于他那不可背叛的内心的记忆。他小说中回荡着的充满苦涩而温情的琴音,像他为我们酿造的浓烈而醇香的高度酒,足以令我们长久地回味!

我相信,做一个述唱往事的胡琴手,虽然低调,虽然低沉,甚至充满着无奈和凄凉,但这种记忆和情感的旋律,却会让每一个听到过的人产生心灵的共鸣!

2007 年 2 月 23 日

## 撕开人性的暗角

——评宋云奇小说集《城市的狗》

大凡一个作家,虽然不是一个纯粹的思想家,但他总要从自己的作品中表达一些什么,古今中外概莫能外。云奇是南阳作家群中的创作多面手,对于小说创作他是一直充满着深情的。从他的小说创作中,我们能够清晰地看到他的一贯文风:辛辣、深刻而又满蕴向善之心。他的这本《城市的狗》中的篇什,就是他对生活和人性深入思考之后的产物。他通过小说作品,将各种各样的事象和人物的内心世界赤裸裸地呈示在读者面前,特别是将人性的暗角用锋利的刀刃切开,给了人们不少的启示甚至反思。阅读云奇的小说,我们不会有多少轻松之感,因为他道出了许多人已经习以为常的生活和人生规则,但这些生活和人生规则一旦被公之于众,又是那么的见不得阳光和让人可笑、可悲、可叹甚至可哭!

云奇是个生活的思考者,也是个文学的思考者。生活中,他话语不多,但每说出一句话似乎都要反复斟酌,而且都会说出一些事象的本质来。通过阅读他的小说,我们会看到,他在文学中的思考要更加深入。在他的小说中,他往往会通过一些源于生活而又超越于生活的故事,揭示出人的生存之难及其劣根性。他的小说故事情节的勾织,往往又是那么的荒诞不经,甚至是超现实的。为了向上爬,小东剑出奇招,不但不再向城建局长的情人讨要自己的母狗“美美”的什么青春损失费,反而还要和城建局长的情人攀个狗亲——把自己的母狗“美美”无偿地送给城建局长的情人的黄狗做“压寨夫人”(《关于美美的爱情故事》)。肖建平由于偶然得了眼病,不想眼病好了之后,竟然有了特异功能——只要闭上眼睛,就能看到别人的性事,由此他误解了对他十分钟情的同事薛玲玲,并逼得薛玲玲不得不远走他乡(《火眼或者满眸春色》)。在青年思想教育和家庭道德建设方面颇有建树的教授江山月,为了试探一下自己的妻、女和学生是否对自己忠贞,是否具有良好的道德修养,他在一次车祸后装成一个又聋又瞎的人,不想此后他就成了一个多余的人,温良贤淑的妻子和他的优秀的学生在他面前视若无睹、肆无忌惮地亲吻甚至做爱,孝顺听话的女儿和他的另一名优秀学生也毫无忌讳地在他面前拥抱、抚摸、接吻,而他又不能点破,否则,他将会失去爱妻、爱女和钟爱的学生,他将一文不名,万般无奈的他最后买来了药,真的把自己的听神经和视神经都弄坏了,从而真的成了一个又聋又瞎的人(《天瞽》)。从中我们可以看到,云奇的小说与现实生活形成了一种鲜明的背反,既充满着清醒的批判意识,又蕴涵着一位具有良心、责任的作家的含泪的歌哭。

我无意拿云奇的小说和大师们的作品做比较,云奇的小说又确实充满着让人不能释怀的东西。看完《红楼梦》,那是“满纸荒唐言,一把辛酸泪”。而看完云奇的小说,我们也会长久地不能平静。不过《红楼梦》要写得细水深流一些,而云奇的小说却激荡着不吐不快的人生积淤的块垒。尽管云奇采用了滑稽、幽默、荒诞等写作手法,但他小说中反映出来的生活却依然是那么沉重,我们无论如何也是幽默不起来的。也许是云奇看得太多了,感受得太多了,也思考得太多了,疗救的心切使他顾不了太多,小说就成了他切入生活和人性的有效载体。从这个角度来讲,他笔下的小东、肖建平、江山月等,又有着鲁迅笔下的阿Q和孔乙己的影子。只不过鲁迅笔下的人物沾染着更多国人的性情,而云奇笔下的人物更加贴近现实而已。云奇笔下的每一个人物,几乎都可以从不同的生活领域中找出来,这无疑增加了他的小说的真实感。云奇扎根生活之中的小说,可以说既是对现世的录像,也怀揣着他的济世之想。由此,云奇的小说就不只是玩玩而已,而是有着有益于世道人心的意义。

我常常认为,无论社会如何演变,无论作家的政治经济地位如何,他们都是社会中当之无愧的精英人物。为什么这样说呢?因为作家们会从不同的视角,通过自己的作品对社会和人的发展进行影响。社会的潜在文化底蕴和人们的文化心理,无不受着历代文学作品积淀的深刻影响。只不过有的作家的作品要舒缓一些,有的作家的作品要尖锐一些,有的作家的作品要积极入世一些,有的作家的作品要消极悲观一些。但这些林林总总的文化思想,为人类的前行提供着坚实的根基。

再来回头看云奇的作品,我们不但会感受到他的文字和思想与现实的激烈冲突,而且会更深地感受到他行文的最终目的——那就是期望以自己的微弱的文字,对净化社会环境和人类心灵做出积极努力,虽然他知道社会和人类的有些痼疾已是根深蒂固、难以消除,与之战斗,颇有点堂·吉诃德大战风车的味道。但无论如何,像这样的作家,我们是应该给予应有的敬意的。

2007年2月22日

# 飘飞的灵魂　坚实的大地

——评宋云奇散文随笔集《飘飞的灵魂》

自幼出生、生长于坟茔遍布的乡村，听多了鬼故事，行走荒郊野外，闻听风声鹤唳，抑或惊醒于黑黢黢的暗夜，未免会害怕鬼魂。及长，读了一些科学书和鲁迅先生踢鬼的故事之后，才知道人死如灯灭，世上根本就没有什么鬼魂，幼时的怕鬼不过是自欺欺人的心灵魔障在作怪而已。但人是否有灵魂存在，我一直心中存疑。近日捧读作家宋云奇的散文随笔集《飘飞的灵魂》，我读出他是坚信灵魂存在的，不过他对“灵魂”有着自己独到的解读：“人有灵魂吗？对于这个问题的回答应该是肯定的。因为人是一种高级生命形式。人与其他低级生命形式的最大区别，就在于人穿上了遮羞的衣裳，具有了低级生命形式所没有的语言文字。人的思想用语言文字表达出来，就逐渐形成了人类的文化。而灵魂则是一种文化的凝聚，是由人的思想经由升华凝聚而成的性灵的昭示。”(《飘飞的灵魂》代自序)他的这种对“灵魂”的理解，在我看来，其实就是作家对人生世象和人性心灵的思索、思考和思想。它经由作家思想变成文字——物质化以后，便不会因创作者肉体的消失而消失，而是像一个人温暖或独特的气息一样，总是在文字间飘荡，感染或警醒着读者。这些文字存在时间的长短，将会由它的生命力来决定。这种思索、思考和思想,在日益物质化、世俗化的时代,显得是那么弥足珍贵。所以,现在的我不相信鬼魂,因为我自始至终没有亲眼见到过,但我相信了灵魂,因为展读许多名家佳作,我总是感到他们的生命和灵魂在字里行间跳动。

宋云奇的文学创作,有着自己一直坚守的原则和方向。在随笔《积水成渊铸灵魂》一文中,他写道:“我在二十多年的业余写作生涯中,除了艺术上的不断开拓创新外,思想上一直遵循鲁迅先生‘横眉冷对千夫指,俯首甘为孺子牛’的创作指向,赤心同情下层平民,疾首鞭挞社会阴暗……”他是这样说的,他的文学实践证明他也一直是这样做的。无论是小说创作、文学评论创作,还是散文随笔创作,他都始终不渝地秉承着这种创作思想——他的文字之中总是充满着清醒、忧患和痛快淋漓的指陈。

宋云奇一直在文学的道路上行走着、思想着,像一个埋首尘间而又高高在上的清道夫,不怕冷眼与嘲讽。他在这本名为《飘飞的灵魂》的散文随笔集中,从不同领域、不同角度不停地对生活、生命、现实、梦想、心灵、自然、文学、文化诸多方面进行着自己的思考。只要是存在的,他都在用自己真诚而细腻、坦率而又不乏辛辣的文笔,一一捕捉来,进行一番剖析和解读。他的文字中,总是跳动着一颗火热滚烫的心灵,对真善美的讴歌,洋溢着温暖与微笑;对假恶丑的挞伐,又满含着鄙夷和嘲弄。这些讴歌或挞伐的文字,或在他心灵的天空中飞翔,或在他亲密接触的大地上生根,客观、冷峻而又满怀善意,总是与人、与事、与世不无裨益。

宋云奇是一个思想或精神的漫游者。他漫想黑夜与梦魇,他探寻活着、死亡与文学的意义,他在心灵与宗教中穿梭,细辨忏悔与救赎、宿命与魔咒、面壁与破壁、炼狱与祭坛、轮回与重生、诗心与禅界的异同。由此,通过心灵在这些文字中的释放与呈现,他期待着自己的思想或精神能够超越一般意义上的存在,达到灵魂飘飞的高度。我想,这不独是他一个文人内心的文学追求和文化理想,也是众多中国传统文人追寻的终极目标。

宋云奇是一个文学的思考者。多年以来,他一直从事着文学评论创作,特别是在南阳作家群的发展上起着重要的推波助澜的作用。对文学前辈、长者,如乔典运、孙幼才、周熠、王迪等的作品和为人,他深情解读其成功的密码。对文学同仁,如行者、廖华歌、王俊义、王晋康等,他着力挖掘其作品存在的独特价值,探究其作品对南阳、河南乃至全国文学的启迪和先导意义。对张旭东、高宏民、李修对等青年才俊,他尽己所能助其成长。他的这些文学之思,既立足各个作家的文本,又倾注着他对南阳文学事业发展的热情和挚爱。

宋云奇是一个自然的钟情者。像陶渊明、谢灵运、李白、王维一样,他也是一个自然山水的痴爱者。这些年,他游走于祖国的大好河山、名胜古迹,自然风光之秀美浸润了他的身心,名胜古迹之厚重洗礼了他的灵魂。从南阳到祖国各地,淮源、老界岭、宝天曼、张家界、长江三峡、三晋大地、泸沽湖、杨家岭、庐山等地,留下了他跋涉的足迹,也留下了他诗意的抒写思索。这些文字中,既饱含着他的个人情感体验,又充溢着难能可贵的家国、历史之思,与当下泛滥的流水账式的游记文字有着明显的不同。

宋云奇还是一个现实的批判者。他新议“好人”、笑谈“级别”,他剖析“狼性”与“狗性”、“觉悟”与“职责”、“道德”与“良心”、“谦逊”与“虚伪”、“成熟”与“圆滑”、“聪明”与“精明”、“君子”与“小人”、“英雄”与“狗熊”、“小姐”与“贪官”,他痴论做“家”与当“官”、梦想与现实、脑袋与屁股,如此这般,林林总总,无不积聚着他数十年对现实、现世万象的观察与对人生、人性底里的思考,行文之中充满了思辨、幽默、调侃甚至辛辣,有时让人不禁愤怒,有时让人不禁哑然失笑——含泪的笑,有时又蕴涵几分自嘲和无奈。文字、文学对现实的批判是软弱的,但他却一直乐此不疲,究其原因,大抵如鲁迅先生在《我怎么做起小说来》一文中所言："我的取材，多采自病态社会的不幸的人们中，意思是在揭出病苦，引起疗救的注意。"由此看来，他的内心和文字与现实的冲突，不过是一个纯粹文人道德、良心与善良的真实、真诚体现而已。

阅读宋云奇的这些作品，可能会让人觉得少了些快餐式与娱乐性的畅快与愉悦，而是更多地感受到几多沉重与压抑、责任与担当。我想，这就是一个有良知、良心的作家所要留给现世与后人的警醒与提振的精神食粮。阅读他的这本散文随笔集，我真实地相信了灵魂的存在、高尚甚至圣洁。从精神漫游到现实批判，他秉承的鲁迅之风，作为文学创作的一脉，不仅对于文学，而且对于国民心灵的铸造都将功莫大焉。虽然，他或许将由此承受更多的世俗的冷眼和嘲笑、心灵与精神的折磨，但为了活出独有的灵魂，这些对他而言应当都不算什么。

海德格尔在《人，诗意地安居》一文中如是说："诗并不飞翔凌越大地之上以逃避大地的羁绊，盘旋其上。正是诗，首次将人带回大地，使人属于这大地，并因此使他安居。"诗与思，是一对孪生兄弟，相伴而生，形影不离。宋云奇灵魂的飘飞和现实的凝望，都牢固地依靠着现实这块坚实的大地，虽然看似少了些许诗意的成分，多了几分苦涩的味道，但他的肉身由此得以安居，他的心灵由此得以安然，他的良心由此得以安宁，他的灵魂由此得以升华。

世上有许多东西会随时光的流逝烟消云散，而又有许多东西，譬如灵魂、精神、思想等却会历久弥新、流芳溢香。《飘飞的灵魂》这本散文随笔集，就是作家宋云奇用以安放自己灵魂的金质卷本！生命与灵魂同在，并将在灵魂中不断延续、衍生！

2012 年 1 月 10 日

# 故土文化的诗意呈现

## ——汗漫散文创作印象

在以“宛军”而行的南阳作家群中，汗漫一开始是以诗人的姿态和身份出现的，正当他的诗歌以深刻的文化内涵和独特的魅力倾倒读者的时候，他却悄悄地开垦着一片新的原野。从1993年开始，他把散文这种文体作为表达自己内心世界的一种新的方式，给热闹的散文文坛上增添一道与众不同、清峻幽深的风景。短短两三年内，他在《散文》《河南经济日报》《教育时报》等报刊发表散文作品数十篇，《今日落雪》还被《散文选刊》选载。

汗漫的散文继承了他诗歌故土文化内涵充盈的特点。他对故土文化的追寻、挖掘和透视没有囿于某一个狭窄的方面，他的目光总是不停地向周围扩散，寻找、发掘一个又一个取之不尽、写之不竭的散文创作“泉眼”。他对故土文化的呈现首先表现在对整个南阳——他大范围的精神故乡的历史文化和风俗民情的展示和抒写，如《梦回西峡》《南阳市旧城区素描》《三日游》等。作为生长、生活在这一地域的文化人，南阳丰厚的楚汉文化对他的思想、意识和行为的浸润和影响是深刻的，对南阳历史文化的顶礼膜拜自然也形成了作者难解的原始情结。作者曾以刊发于《诗刊》并获奖的诗作《南阳》表达自己对南阳历史文化的深情、热爱和审视。当他发现散文这种文体更适于细致入微、满蕴真情地表达对这片土地的挚爱时，对南阳历史文化多年来的思考和至纯至烈的情感便喷涌而出，幻化成一篇篇文化风味浓郁的散文。在《梦回西峡》中，他对那块原始神奇的土地和西峡厚重古朴的文化进行了热切的幻想和观照，幻想那些山川河流的清纯明净，幻想那些高大的骏马在河边悠闲地饮水，幻想恐龙在山畔溪边自在地散步……《南阳市旧城区素描》中，作者对南阳市古老城区像“书院街”“汉冶村”“鸡爪街”“河街”“照壁街”等蕴含着传统文化精神的名字背后所隐藏的故事进行了猜测和阐释，而且作者坚信，即使有一天它们从南阳的交通图上消失，它们也仍将顽强地影响着南阳人的精神和行为。

作者对故土文化的呈现也表现在对幼年随外婆在唐河平原上的生活和故事的追忆和摹写，但这种摹写已是虚幻与真实、渺远与切近的交融，已是经过作者形而上思考和过滤后的、烙印着原有生活和历史文化伤痕的结晶，如《月光》《牛屋》等。《月光》中对自己幼时伙伴海柱做了深情动人的怀想，海柱的爱情故事像月光一样留给人美好而忧伤的感觉。当美好的童年在岁月的流逝中成为过去，爱情便悄悄逼近年轻的生命，并且它又为种种现实的困境所阻挠，这时悲剧的发生便已潜伏和注定。海柱的爱情败给了一头公牛和一个跛足男人，这多少有点让人不可思议。婚姻不幸的黑妮成为海柱心头的隐痛，为了黑妮，海柱坐了监狱，出狱之后，他却从即将落成的、准备和黑妮结婚的新房的屋梁上跌落下来死了，海柱之死留给人无尽遐思和神秘意味……

生活在钢铁水泥凝铸成的冷漠的城市里，敏感的作者表现出对缺乏生机和活力的城市生活的困惑和对乡村生活、童真世界的追怀。他的这类散文展现出作者对我们置身其中的日益喧嚣的工商时代的反思，其中也蕴含着深刻的故土文化精神，这是作者散文中最为出色的作品，如《今日落雪》《独白》等。《今日落雪》中作者对他童年时用冻红的小手在老家门前的雪地上画的那匹马，对自己的初恋、摇篮、祖坟和老家屋梁上的燕语充满着深切的怀念和无尽的神往，对城市日益被物价、股票、公关和美容中心所嘈杂而莎士比亚、李商隐在图书馆深处满面灰尘的现状充满了忧患和焦虑，并禁不住喟叹、追问他所居住的那所位于城郊的学院里的一本翻开的诗集，是否能对他所热爱的这座城市和人民的精神和生活产生影响。

作者对故土文化内涵的感悟和思考是独特的，具有鲜明的个人文化特色。他往往以创作主体的审美视角切入所要抒写的内容，拉近了与岁月、历史的距离，也拉近了作品和读者的心理距离，给人以真实感、亲切感。本身就是诗人的他，把诗的表达技巧和话语方式移植到散文中来，运用了大量出人意料的比喻、隐喻、象征和意象，使他的散文文本中留下了诸多的空白和间隔，使他的散文语言包蕴着丰富的内涵，具有较广阔的外延。这样就形成了汗漫散文和南阳作家群中周同宾散文的淳朴厚道、周熠散文的冷峻深沉和廖华歌散文的空灵瑰丽所不同的风格——沉静幽雅、诗韵悠远。

## 独特的想象　精美的短章

——读汗漫的散文近作

在我有限的阅读范围里,我认为在南阳作家群中最具想象力的作家有两个——行者和汗漫。且说汗漫。汗漫的想象最初张扬在他的诗歌中,张扬在他那本薄薄的诗集《片断的春天》中,后来又飞翔在他那一篇篇长长的散文中。1996 年我曾不揣浅陋对他的散文做了一点不着边际的论述,但只是着眼于作品的意蕴,对作品的艺术特色论及较少。近两年我又渐渐注意到,汗漫极力追求着散文的简短和精练,在短小的篇章中摹写、追忆、挖掘着大自然的奇美风光、乡村部落的淳美风物,那飞腾的想象和真挚的情感充盈其间,使他的作品显得血肉丰满而又耐人寻味……

汗漫的这些短章与时下那些朦胧得不知所云的散文诗有着本质的区别,归根到底它们还是散文,只不过是较为精短、精美的散文,也是作者力求创作精品散文的一种努力,我认为。他的这些短章把笔触伸入自然的乡村和乡村的细节:晒太阳的老人、草莓、稻草人、土地、雾中的码头、瀑布等。这些乡村朴素的事物,经过作者情感的浸润和艺术灵光的淬砺,就有了灵性,就有了诗韵,就成了具有经典意味的文学作品,焕发出浓郁的浪漫气息,读起来韵味悠长,并让人神思悠悠……

这很大程度上是汗漫的想象力在“作怪”，他的想象拯救了那些陈旧的不起眼的事物和惯常习见的细枝末节，并赋予它们生机、活力甚至生命，使它们神采飞扬、灵动鲜活地从原生态的生活中剥离、呈现出来。作为对论点的论证，限于篇幅，我不可能将汗漫的一篇篇短章都摘录于下，我只能选取一些他的独特的想象供我们来共同品味。“那些晒太阳的乡村老人内心的苦、辣、酸、甜如同坛子中发酵着的小米、高粱、玉米、樱桃，在晚年散发出酒一般的醉意，让太阳一年年一口口地畅饮，饮尽，他们就空酒坛一般地躲进了泥土之中的地窖，让醉醺醺的太阳在墓地上寻找……”(《晒太阳》)；“山中的瀑布，喷珠溅玉，烟紫雾白，如同一个女人不断生长的又粗又长的辫子”(《瀑布的近邻》)；“鲜艳的草莓，是乡村最小最美的闺女，它的嘴唇让那些涂口红的女人们自卑，让化妆品商店的老板不安，让脸色苍白的城市喃喃低语地呼唤着爱情和血液”(《草莓》)……像这样的想象和诗一样优美的句子，在他的短章中俯拾即是，怎能不诱引着我们的想象，开启着我们的智慧并丰富着我们的精神生活？

乡土的东西有了诗性的浸润，就像尘封多年的佳酿，深可品味。周同宾在一篇文章里说：“写散文要用散文语言，写诗要用诗的语言。说某人的散文是诗的语言，岂非表明他的散文语言不地道？如果真是诗的语言，那篇东西怎能还叫散文？”(《绿窗小品》之《凡人书简》)周同宾是一位我很尊敬且非常喜欢的作家，但他的这种说法我却不敢苟同。像他的散文，我最喜欢的《祭梅》《独山写意》等篇什，除了保留着他一以贯之的简练、淳厚的风格外，作品中贯注的诗意和韵味更令我称道。只不过汗漫走得更远。但汗漫的这些散文写得空灵而并不空洞，诗化而并不朦胧，那些乡村的事物是他作品的骨骼，他的情感和诗思是他作品的血肉，所以读他的作品能让我们的手指和心灵触摸得到那些很有质感的事物，并能让我们心驰万仞、神游八荒……

古老而苦难的南阳，丰厚的文化是孕育文人的温床，而现实的尴尬和生存的压力，又使文人们滋生潜长着卓异的梦想……让我们读读汗漫的短章吧，别让我们的心灵离乡村太远，离想象和梦想太远，离美太远。漫长的新世纪，物质和情欲的浪涛是否会汹涌而来？

2000 年 6 月 19 日

## 火焰燃腾的世界

——评崔鹤散文集《流浪一百年》

在卧龙岗上的那所大学读书时，有次我无意间在《南阳日报》上看到周若愚写的《流浪文人崔鹤》，才开始知道崔鹤，知道崔鹤是南阳作家群年轻一代中颇有实力和较具影响的人物。1996年春节前夕，于宛城张书恒老师家中小坐，他忽然对我说："崔鹤送我本散文，我看了些，写得很不错，你回去给他写个评论吧。"看到是本灰头灰脸、土里土气而又薄薄的小书，我便没有多么放在心上，心想：《野草》也是一本薄薄的书，但它开创了文学的一个新局面，这本书肯定比不过它吧？

冬天的某个夜晚我开始展读，展读时我有点漫不经心，但我看完第一部《母亲的目光》之后，我便不敢漫不经心了，我渐渐涌上来的睡意也被崔鹤所排列组合的汉字里面闪射出来的光芒驱散了。他用个人化的写作经验、话语方式对以往的作家作品实行了一种反动，用他独异的作品给我们提供了一片全新的世界、新颖的天地，这世界和天地中涌动着炽烈、腾跃的火焰，这些火焰像大海一样裹拥着我，让我有种说不出来的诧异和感动。我突然又有点汗颜，怕说不出来对他的作品精细微妙的感觉，反而会贻笑大方。但也由不得了。

崔鹤一开始是个诗人，是个本质的诗人，是个流浪的诗人。为了成为一个诗人,他才开始去流浪,因为有了他的流浪历程,有了流浪生活在他的心路历程上刻下的印记,才有了他的那些诗歌,也才有了他这本书里面所有的散文。从 1989 年高中毕业开始,他便一边流浪一边读书、写作,走遍了 20 多个省、大半个中国去经历生活、感受生活、观察社会、体悟人生,但他不是蜻蜓点水、浮光掠影式的肢解、贩卖他的生活积淀,而只是把这些生活当作一个虚空的壳,来搪塞自己的思考,填塞仅属于崔鹤个人所独有的思考,这种思考很新鲜,如早晨的露珠,如刚绽放的花朵,如新娘的红头巾,如长河落日圆……但无论用多少譬喻,我都无法穷尽这种思考的所有向度。

崔鹤在创作他的散文时用的不是庸常的和习见的话语方式,这种话语不单是一种雅语的出现,也不单是雅语与方言的整合——虽然南阳的大多数作家的语言具有明显的地域性特征,也不是一种纯粹的诗意的述说,如果只是诗意的述说,那么他的散文只能算是诗歌抑或是诗歌的变种。因而我认为它绝不是诗歌。但它到底是什么呢?它是散文,但他的散文的语言刷新了过去旧有体例的面貌,使我们感到他驾驭汉字来进行组合时感觉的细微灵敏和不同凡响:

"……我浑身起满了神圣的鸡皮疙瘩,它们凸凸凹凹沉思而迷茫地表现出许许多多复杂的内容,那种丑陋的威严和魂魄再一次使我心中注满儿时那种幼稚的成熟和庄严。"(《怀念妈妈与儿时的理想》)

"后来,流浪者死了。很多年之后,流浪者的诗和歌化成了一团火。这团火在世界上到处闪烁,照在许多事物上面,使许多人看清了那些事物,使这些事物发出寒光。这团火在人们的心中不停地闪烁,使人们看清了自己的生活,使人们的生活充满冷意。"(《流浪者》)

“神圣”修饰“鸡皮疙瘩”,“丑陋”修饰“威严”,“幼稚”修饰“成熟”与“庄严”,“火”发出的是“寒光”,而且“使人们的生活充满冷意”……就这样,崔鹤用这些正好背反的词语,在他的散文文本中进行了大量的修饰,这是他从内心深处流淌出来的情绪和体验的符号,这种能指符号具有巨大的审美魅力、多义性与模糊性,不是让人一览无余、味同嚼蜡,而是让人玩味无穷、流连忘返。再者,崔鹤的话语就像闪着寒光的火焰,跳荡在他的作品中,照亮着他的文本空间,也照亮着读者熠熠生辉的眼眸,前所未有的阅读经验将会带给读者前所未有的惊喜和阅读快感。

但这种新颖的话语并不是崔鹤散文创作意图的终极目的,它只是承担传递他的内心流动的情绪和感悟的一种载体,透过他的话语方式所放置的阅读障碍,他的作品最终指向精神漫游和灵魂舞蹈的层面上。

就像中国古代的传统文人一直信奉着“读万卷书,行万里路”才能“下笔如有神”一样,崔鹤在自己的青年时期也有一段“壮游”的年月,但我们又知道李白、杜甫两人的壮游历程在文学创作上的凸现却又是迥然不同、大相径庭的,李白是“仰天大笑出门去”“共与春风舞一场”的浪漫飘逸,杜甫是“朱门酒肉臭,路有冻死骨”的现实沉郁。在相对稳定、清平的社会环境里,崔鹤的作品自然流贯着李白的浪漫精神,虽然他的作品也有现实的影子,甚至有时也深刻地指向现实的层面深处,但那不是主要的,在他的作品中不占多数,因此可以说,崔鹤流浪放逐的只是躯体肉身,锲而不舍追问寻找的却是精神。当然他的精神也是流动的,但这种流动只是在一个层面上流动,在一个向度上流动,这使我们在他的作品中获得的精神的信息量和质量有可能具有较高的纯净程度。他文本中的许多句子,充满着内心的火苗腾空的亮度和力量。

“爱,是人类的命运。爱的光辉照亮了彼得拉克、安徒生、塞万提斯、莎士比亚、歌德、席勒、拜伦、普希金。今天,爱的光辉也照亮了他,他发誓要站成一尊雕像,一尊永远不倒的雕像!”(《二十岁的故事》)

“真正的诗人,是一种精神,自从盘古开天地,三皇五帝到如今,这种精神不朽,这种精神照亮了人们的一生,人们世世代代都在追求这种精神。市场上此伏彼起的讨价还价声淹没不了它,战场上杀声震天的刀光剑影淹没不了它。我们可以看到,一个时代如果没有这种精神,这个时代将是庸俗颓废的。一个民族如果没有这种精神,这个民族将是腐朽萎靡的。一段历史如果没有这种精神,这段历史将暗淡无光。”(《诗人精神》)

崔鹤这种精神的漫游,一方面源于内心深处的真、善和爱,父母亲情和真挚爱情是他作品中歌颂的永恒主题;一方面源于中国古代传统文人“先天下之忧而忧,后天下之乐而乐”的强烈责任感,尽管崔鹤在流浪和灵魂的漂游中历尽了种种苦难和艰辛,他还是不改初衷,紧紧拥抱着“进亦忧,退亦忧”的松竹风格。因此,他的精神世界就不是轻松的诗意的世界,而是凝重、给人以冰冷的警醒的世界,虽然这个世界还缺乏对人生终极意义的追寻和大道沧桑的揭示。

崔鹤在这本书里创造了一个世界,这个世界与众不同,读后让我们冷静和清醒。我的拙见也许只是浅尝辄止、无关痛痒,一些更有价值的东西尚待大家去洞悉和挖掘。

1997年1月15日、16日

# 叛逆与真诚

——崔鹤诗集《中国狐狸》的文化心理

清瘦的诗人崔鹤，在我眼中消失至少已经有十年了。记得最后一次与他在南阳见面，谈话中他批评了我对南阳作家作品所作的评论——大概是他觉得那些年我对南阳作家作品的评论过于宽容了吧！这两年在网上偶然相遇，才知道“梅溪路上一棵树”“梅老邪”都是他的网名。今年金秋十月，收到了他从郑州寄来的新出的诗集《中国狐狸》，这是继《流浪一百年》《现在》之后，我再次读到他的作品集子。无论是他的网名，还是他这些年在经商之余的诗作，我觉得都体现出了矛盾的文化心理，一种是叛逆，一种是真诚。“梅溪路”是他生活多年的家乡城市的一条路的名字，“一棵树”是自然界中普通平常的生命之一种，以“梅溪路上一棵树”作为网名，透射着他对故乡的热爱与寄托。“梅老邪”的网名，想是他借用了《射雕英雄传》中“黄老邪”的名字吧，这“梅”字既透露着他内心的高洁清雅，也显出他对故乡虽离不弃的缅怀，而“老邪”两字就有了叛逆的意味——但读过《射雕英雄传》的人大抵都知道，黄老邪其实并不邪，反倒是以孤傲与直爽居多。作为诗人，崔鹤的叛逆除了自身形象的与众不同，如年轻时的留长发、狠命地抽烟、狂放地喝酒、愤世嫉俗等——当然现在我已不知道他的形象是否有所改变,更多地体现在他的诗作中。在他的大量的诗歌文字中,常常出现着粗俗的语言,体现着自我解嘲、自轻自贱和决绝与无奈的反抗。但在他的另外的一些诗歌中,又常常充满着温情、温暖和对世界与生命的热爱。这种矛盾的文化心理,无时无刻不在折磨着他。这对于一个民间诗人来说是痛苦的,但也是生活给予他的深刻印记,更是孤独而又向往自由的诗人不可逃脱的宿命。

在《中国狐狸》这本诗集中,我们可以看到,崔鹤曾一度将“狐狸”作为诗眼,反复挖掘与抒写。在中国传统文化中,“狐狸”是狡猾、多疑、怯懦、反复无常等多种贬义词汇集于一身的反面典型。但诗人却一反传统文化的论调,把“狐狸”作为寄托自己多种情感与向往的精神指向,不住地去透视与歌咏。在崔鹤的诗作中,“狐狸”的所指往往是多变的,有时可能是指代自己,有时可能是指代别人,有时可能是指代情人,有时可能是指代事物,有时可能是指代脑海中的意念。但无论如何,诗人诗作中的“狐狸”是充满着人性、人情的,因为她会忧伤,她会流泪。在诗人笔下,“狐狸”变得有血有肉、多愁善感,让人同情与怜惜。

崔鹤诗中这种叛逆的情感表达是多角度的,有时体现在愤世嫉俗上,他期待着“快意恩仇,笑傲江湖”(《亲爱的,老子不爽已经很久了》);有时体现在放荡深邃上:“花儿,一生/草儿,一生/猫儿狗儿啊,也是一生/做不做一个狐狸,都是一生”(《每一个狐狸都知道,不劳而获才是一种真正的光荣》)。这其中,闪现着他对生活与生命本真状态的大彻大悟。也就是在这同一首诗中,他在体味了时代生活的深层底蕴之后,又语带诙谐地写道:“今天不是狐狸的节日,/那是劳动者们的玩笑,/每一个狐狸都知道,/不劳而获才是一种真正的光荣。”他的叛逆有时体现着对世界的仇恨,但这种仇恨不过是意念中的仇恨,或是语言中的仇恨而已,有时这种仇恨又带着几分醉意,“春天到来之前喝掉你所有的酒吧/笑过、哭过、醉过/把一只青瓷花瓶摆在房间/插进一把又一把明晃晃的刀”(《狐狸的花瓶中插了一把又一把明晃晃的刀》);有时这种仇恨又带着血淋淋的语言的暴力,“很久没有杀人了,/手起刀落,血流成河,/取下那面镜子,/作船渡你回家”(《我知道远处的那个人,当的响了一下》);有时这种仇恨又带着重组世界的大胆想象,“铺天盖地的天花板/从半空中倒挂下来/悬挂在一根生锈的铁钉下面”(《你是否看见了那几片碎瓦》)。他的叛逆又常常撕去了伪道士的假面,道出了一个男人隐秘内心的暗影,“我是梅村唯一一个不泄的男人/梅村的女人都这样怀念我”(《我是梅村唯一一个不泄的男人》)——此时的诗人,又把自己当成了一位英雄。

崔鹤的这些叛逆之作,其写作常常是低姿态的,低于生活之下,有时甚至达到了自我作贱的程度,他常常自虐,说“我是一个贱人”。在《我一定要让你知道,我不喝酒的时间就是一个人渣》中,他直言不讳地写道:“你以为做一个人渣容易吗,你以为我这些年容易吗/真希望在某一天,你落在我手里,成就我的威名”。这些自我作贱的诗歌,看似是对自我尊严的亵渎,实则是对做人尊严的维护。诗人内心的血与泪,我们从他的这些诗作中是应该能够体味得出来的。这个世界之上,我们看到的“贱人”和“人渣”真的少吗?!

崔鹤这种诗作中的叛逆或曰玩世不恭,常常为世人所诟病,但深入他的诗歌内部,再反观他的生活历程,我们也就不难理解他内心的真诚。无论他表面上是如何的放浪形骸,作为一个诗人,他的内心深处和诗作底里,依然是个天性纯良的孩童。如果我们被“狐狸”的表面所迷惑,那只能说是我们对诗人的诗作产生了误读。我们需要佩服的是,诗人的这些叛逆之作中,充满着对生活的切肤的痛楚,颠沛流离的人生,漂浮不定的命运,不能不使诗人常常在这种语言的表述中狂欢与放肆,而他的心与诗又何尝不是在流泪、淌血?!

如果我们再看看同一本诗集中他另外的一些诗歌,也许我们会更直接地贴近他的真诚。他写乡野的自然之美,“深深的野草,埋住了我的膝盖/小虫子爬上来，蚱蜢飞起来”(《六月，我需要一个郊外的黄昏》)；在同一首诗中，他写母爱的温馨，“农家的黄昏，多么金贵/母亲一定在庄稼之间/她一定在给庄稼说着悄悄话/我知道，她想我的时间，就会和庄稼诉说”；他写让人陶醉的爱情，“我的狐狸/那个单眼皮狐狸/多少年过去了/我还喜欢躺在她的怀中/然后闭上眼睛”(《那个单眼皮的狐狸》)；他对友情、爱情都是无限珍重的，他渴望“有几个朋友，/刘关张那样的。/有一份爱情，梁祝那样的”(《其实我该知足了》)。诗人又常常显出几分对回望乡情的执拗和对追求自由的放纵，“老子家的月亮就挂在树枝上，/想什么时间看就什么时间看”(《你以为想疼就那么容易啊》)；“我要祝福那些断了线的风筝/会在远方变成一棵小草/想开花就开花/想结果就结果”(《我要祝福那些断了线的风筝》)。

历尽人间冷暖、生活沧桑的诗人，又常常显示出生命的坚忍和执着，“这个七月我活得很烂，这个七月蜘蛛都跑得那么快。/这个七月我还没倒下，这个七月我还在苦苦地等”(《七月》组诗之十)。诗人对生活又常常是充满着向往和希望的，“我想找到一棵有鸟巢的树/窗外是满城灯光，窗外什么也没有/我知道在很久之后，会有一个又一个狐狸/举着火把，跟我一起寻找”(《狐狸的故事四处流传，没有人知道狐狸的快乐与痛苦》)。寻找，就是对希望与幸福的追寻啊！而诗人对幸福指数的要求其实并不高，“酒也足了，饭也饱了/是不是再给我一根烟/我什么都不需要了”(《七月》组诗之十二)；或者是“找一个窑洞/冬暖夏凉/门口打一眼井/种一畦青菜/喂几只下蛋鸡/养两只下奶羊/看看书/下下棋/哄哄孩子/晒晒太阳”(《我想给我的女人说说》)。在这看似平凡生活的想望中，诗人有对生活的物质需求，也有对生活的精神需要。前一首诗中，酒、饭是物质的，烟是精神的。后一首诗中，井、菜、鸡、羊是物质的，书、棋、孩子、太阳是精神的。一个人活在世上，又有谁能离开这两类食粮呢？何况一个诗人！

全面地解读崔鹤的这本新作,我们就会看到,他有时是个性情孤绝的诗人,摆出一副与世界对敌与大战的姿势,有时又是一个温情脉脉的诗人,散发出浓郁的人间烟火与情爱。也许矛盾着的诗人,才是一个真正的诗人。而且我也相信,无论是他的叛逆也好,还是他的真诚也好,两者都不是隔离的,而是背离而又统一的。诗人诗作中的哀伤与欢乐、痛苦与幸福,于这个世界而言都是毫发无损的。但我丝毫也不怀疑,崔鹤的诗作在诗坛上必定是独异的,就看你如何从他的诗作中进入与走出。

2008 年 10 月 31 日夜

# 家园：精神的避难所与灵魂的栖息地

评论家鲁枢元先生在《诗人的怀乡症》一文中说："诗人们似乎都患有一种顽固的'怀乡症'，顽固到简直不可救药。"不独诗人如此，几乎所有的文人都患有这种病症，沿着故乡精神通道进行挖掘与呈现，成为他们不懈的文学追求。因此，评论家孙荪在一篇研究南阳作家群的文章中干脆将南阳作家称为故乡的"痴儿"。作为一位经过艰难跋涉从乡村走出来的青年作家，水兵也无法摆脱这种对故乡的回望与痴恋，他像一位固执地守望大海的水手一样守望着自己最初的精神家园——故乡，并用诗歌、散文等不同的文学式样吹奏着对于故乡的恋歌。为了表达他对故乡难解的情结，他甚至还坚定地将他近年出版的文集名之为《家园》。

故乡与农业、农村、农民密切相关，而中国中西部地区的大多数地方的农村还较为贫困落后。水兵的故乡也并不富裕。对于"只是在对于好日子微茫的期待中延续着世世代代简单的生存而已"（《空荡的乡村》）的故乡，水兵像所有出生于黄土地的年轻人一样，渴望着逃离土地，其实质是逃离贫困落后的桎梏，到远方去寻求自己的幸福生活，实现自己出人头地的理想。那种逃离土地的念头是强烈的，甚至信誓旦旦要“离开故土，永不归返”(《又见母亲》)。但当作者走出故乡，在外面精彩而又无奈、广阔而又狭小的天地中流浪、闯荡、拼搏时，对于并不一帆风顺的异乡冷酷生活的恐惧，又常常使他想起故乡。正如他在《为文所累但无悔》一文中所说：“我是农民的儿子……我的根在乡村。乡村之于我，有一种无以言说的情愫和出自本能的依恋，一旦处于疲惫的心态和不公平的竞争中，我的精神家园就自然而然地转向乡村，转向生养我的家。”对于一个寻求理想和幸福的男人，在异乡无根的漂泊中，往往不得不低下软骨一样的头颅，不得不仰权贵的鼻息，不得不小我抑或消灭自我……这是一个男人的成熟，又是一个文人的悲哀。故乡虽然贫困落后，但故乡有着天然的宁静和温馨。在灯红酒绿的城市暗夜的一角，抚摸着自己披荆斩棘后留下的累累伤痕，怀念故乡，是他抚慰自己心灵的一种有效方式。故乡，成了他精神的避难所与灵魂的栖息地。

水兵抒写故乡的情感是质朴而又真实的，这种质朴和真实的情感源于对故乡的真诚回望与怀想。母亲的白发，总会让他泪湿沾襟(《又见母亲》)；五月到来的时候，他会“沿着姐妹们的目光回来”“在麦穗与镰刀的光芒中/守望平静的家园”，这会让他“怦然心动”(《五月，注目乡间》)；六月的玉米地、一场逝去已久的雨、临近的冬天、春天的雪等，也都能在作者的灵思中凝聚成朴素的诗页、散章。就这样，作者在逃离故乡而又对故乡无尽回望的悖谬中咀嚼品尝着精神的痛苦折磨，倾诉着对故乡的理解和热爱。

在水兵对故乡的这种两难情感中，我们又能体会到他的怀乡不过是“对于自己生命的源头、立足的根基、情感的依凭、心灵的栖息地的眷恋”(鲁枢元《诗人的怀乡症》)。散文家余秋雨先生在《乡关何处》一文中说：“真正的游子是不大愿意回乡的，即使偶尔回去一下也会很快出走，走在外面又没完没了地思念，结果终于傻傻地问自己家乡究竟在哪里。”水兵对故乡的情感其实也不过如此。因此，水兵对故乡的抒写只不过是显示精神逃亡、构建自己精神家园的一种方式和途径而已。在他的精神流浪和创作实践中，对亲人、朋友和普通事物的抒写就又构成了他营造精神家园的另一个方面。父母照张照片，他写诗说："我的父母/我拿什么奉献给你们/永远含泪而跪/为了偿还你们/无法报答的情义。"（《为父母 1991 年 10 月 4 日的照片而题》）那种春晖难报的歉疚之情，把一个热爱父母的赤子之心抒写得真实感人而又毫不做作。孩子出生了，贫穷的诗人只能写诗以纪念："你们是些鲜嫩的果子/优美地结在秋天/使父母置身在甜甜的梦境里/总也走不出一种握你于手的感觉/这屋子因你而温馨，我的额头/也因你而鲜明了呵。"（《写给孩子》）那种欣悦之情和爱女之意，使整首诗显得温馨而暖人。学生的一只小电炉也能给他在冬天以长久的温暖（《春天的回忆——写给 1990 年冬天》），编辑大姐的温厚和亲切也会让他难以忘怀（《情难寄》），文友的一篇佳作也会激起他的情感浪花（《终是人间情未了——汗漫〈火焰以及灰烬〉读后》）……在美好情意的记录与构建中，水兵徜徉其上，显出一种十足的满足和幸福。

在现代五光十色的生活中，水兵是不会迷失方向的，我相信。因为不论走得多远，他都以久远而宽厚的故乡为背景，时时汲取不尽的勇气和力量；因为不论遇到人生的何等风吹浪打，都有融融的真情在他周围洋溢，给他以温暖和慰藉……

# 站在良心的立场上写作

良心是一个作家最高贵的内在品质，也是一个优秀作家必不可少的精神向度，它总是让一个真正的作家在面对生活和心灵时痛苦和不安，从而诱使作家真诚地思考与写作。即使在冷漠如加缪与博尔赫斯那里，我们仍然可以体验到良心在那个时代的痛苦经历。作为一个从20世纪80年代开始写作的青年作家，水兵一直顽强地坚持着自己的写作立场，从不为世俗的喧嚣与浮泛遮蔽纯净的眼睛，不管世道如何不古，人心如何难测，也不管自己的生活道路如何流离艰辛，内心如何愤愤不平。他总是站在良心的立场上，用良善的目光和柔软的内心，对故乡的土地和人物的内心做着深刻的探索，构筑着属于自己的文学世界。1987年以来，他先后在《诗刊》《散文》《莽原》《文苑》《青年诗人》《淮风》《中原文学》《中华儿女》等刊物上发表诗歌、散文、随笔、文学评论200多篇(首)，先后获地市级以上文学奖10多次。1999年，他的文学作品集《家园》由吉林人民出版社出版。特别是最近两年，他的散文创作更明显地体现出了这一特点，也呈现出更高的精神质量和一股新的文学气象。

## 坚守立场：写作良心与尊严的生成

当我们考察水兵站在良心的立场上写作之时,我们首先必须弄清的一个问题是——作为一个作家个案,他为什么会有如此执着的勇气和力量,20 年如一日地站在良心的立场上写作而痴心不改?这就需要我们来弄清水兵的生活经历和创作思想。

像南阳作家群中的大多数作家一样,水兵也来自农村。水兵出生在南阳盆地唐河岸边的一个小小村庄。农村生活的贫困和艰辛在他的心中烙下深深的印痕,农村父老乡亲、兄弟姐妹的生存状态在他的心中刻下了浓厚的背影。这种原生态的生存图景,成为他心灵中持久疼痛的因子,也是他关怀人类的最初原因。而个人颠沛流离的人生经历,更加重了他对故乡的怀想和父老乡亲的挂念,也使他更加深刻地体会到了人生的艰辛和不易。逃离土地,过上城市人体面的生活,是农村孩子最初的梦想。当水兵作为一个农人的后代,从故乡到他乡,又从他乡到故乡的一座城市,流浪在为工作奔波的千难万险中,求人、应聘、代课、推销产品,不得不低下高贵的头颅时,他常常在厌恶自己屈辱地苟活的同时,他那倨傲的内心往往充满了悲悯的情怀,充满了对存在的关切。

风雨过后是彩虹,磨难之后,水兵迎来了生活的春天。作为一个永不言败的商人,他的生活也由困难而近温饱,可以自由地读书、听音乐、写作,但他的内心和写作没有被安逸所击倒,反而更加激增了他向人生终极追问的热情。这使我在阅读水兵的作品时,常常会不由自主地为他这种清净的写作情怀涌起敬佩和赞赏。

这种写作立场伴随着他的生活和心灵经历而来,并最终在他的创作思想中得到了明确的表露。他在《文学是英雄的事业》一文中慷慨激昂地写道:“他们热爱文学是因为热爱幸福和自由,他们献身文学是为了献身全人类。他们以悲悯、光明、仁爱之心，照耀、拯救着人心的阴暗、权谋的肮脏、屠杀的血腥。”水兵是在说“他们”，其实也是在说自己。言语之间充盈着悲天悯人的匡世情怀和凛然生威的浩然正气。虽然文人和文学都不是最终的救世主，但这种基督般的宗教情怀，使他在创作中总是力图观照终极关怀。他在文集《家园》的自序《为文所累但无悔》中说：“文学是热爱生命、热爱生活的一种选择，人类也终是向着光明、善意、友爱和真情发展的……”对人类生存图景的坚信，更是给予水兵的创作无穷无尽的力量，虽然这是遥远难及的乌托邦。这些发自水兵内心的真音，由潜移默化到逐步明晰，始终贯穿在他的写作之中，左右着他总是能够站在良心的立场上写作。他的创作思想直指文学的终极大道，为他的创作水平的不断提升夯实了基础。

也正是有了这种纯正的表达愿望，才使水兵能够无论在何种境况和状态下都能恬静为文，不追名，不逐利，只做文学的痴儿，坚持在生活静夜的一角，读自己的书，写自己的文，并逐渐写出了气象。这种成熟的气象，体现在他近两年的散文、随笔创作中。在以下的篇幅中，我重点就水兵近期的散文、随笔创作做一些评述。

## 缅怀故乡：真诚的歌唱与含泪的呐喊

著名文学评论家孙荪曾说，南阳作家大都是故乡的痴儿。这句话精确地指出了南阳作家创作的重要主题。水兵近年的散文创作也明显地体现出这一倾向。在城市缅怀故乡，成为水兵创作中最重要的母题，他那诗意的笔触，总是在深远的灵思中伸向故乡那纯美的自然景物和乡村人物苦难生活的内部，进行真诚的歌唱和含泪的抒写。

逃离与皈依，人生与文学，在存在的空间里往往形成二律背反。这是人生的悖论，是作家的悖论，也是作家的痛苦。逃离土地，步入城市，是一个正常农村人渴望过上幸福美好生活的普通愿望，而一旦进入城市，他们往往难以融入城市的轨道运行，做城市的边缘人或流浪者，成为他们命定的劫数。当然，这种流浪既有生活的艰辛，又饱含着更多的心灵与精神的流浪，无处安放的灵魂使他们在城市五光十色的夜晚辗转难眠。灵与肉的分离与痛苦，在用文学表达情感的作家身上体现得更为明显。这就需要他们寻觅一个安放灵魂的家园。这时，他们往往会把目光投向他们当初千方百计逃离的故乡。

这种二律背反的宿命，水兵也难以逃脱，而且，他对故乡——自己心灵根部的回望与关注更为浓烈。虽然生活在城市，但心灵中那缠绕在故乡的丝丝缕缕的根须，常常扯痛他敏感的神经。因此，他的故乡，一方面又成为他时常内心痛苦和不安的渊源，这在他的作品中有着深刻的体现。

对故乡自然景物的深情歌唱，是他乡土散文中最为抒情的部分。故乡的四季——春、夏、秋、冬是美的，故乡的土地、村庄是美的，故乡的一草一木都是美的。春天，他常常聆听春天的声音，一只鸟的鸣叫或一棵小草的颤动都会让他不由自主地进入对故乡家园的遥望之中，乡村的阳光和水草成为他在城市夜晚安然入眠的摇篮(《聆听春天的声音》)；春去夏来时节，“村头田间，各种野果子散发着清清的幽香，村庄的上空已被浓绿缝合，阔大的叶子遮天蔽日，燕子、黄鹂、斑鸠和一些不知名的鸟儿在繁茂的枝叶间穿梭……麦子们正在拼命灌浆，间或有几株燕麦或大麦甩出微黄的穗子，在风中旗帜般飘扬”(《乡土抒情》)；秋天，“乡村的秋阳还是暖融融的，唯村边那一坑秋水，浸溢着些许的凉意，田野的草丛中已听不到蝈蝈们的鸣叫，树上的秋蝉也悄然隐遁了”(《秋天的思绪》)；冬天，一片一片的雪花“无穷地、亲密地簇拥在一起时，乡野白了，那巨大挺拔的白杨成了一条小棍，那逶迤起伏的丘岗也成了一条弯弯曲曲的线……”(《雪落乡野探春声》)。故乡的美好，常常勾起他回乡的梦想，哪怕“做一只小鸟，倾听轻风耳语，或做一株小草，捕捉大地的心跳”(《聆听春天的乡音》)。这些诗情画意的描写,写出了水兵心中清新美丽的故乡,我们能深切地感受到水兵那欢快愉悦的情怀在字里行间的充盈和跳动。这充分说明了水兵对故乡爱得深切。同时,这些白描式的抒写,也充分展示了水兵摹写自然景物的不凡功力。

故乡的自然景物在水兵的心中是美的,但水兵没有因此而忽略对农村父老乡亲苦难生活的关注。相反,故乡父老乡亲的苦难生活与自然景物之间形成了鲜明的对比和反差,刺痛着水兵关爱的眼睛和心灵。对故乡父老乡亲生存状态的观照,成为水兵乡土散文主题的另一个重要视角。在《乡土抒情》中,他忘不了"一个穿着臃肿的小棉袄,脸蛋被锅烟或土灰弄脏的小姑娘,一个穿着大裆裤,在雪地中咔嚓、咔嚓为牲畜备着草料的老头儿,一个扛着一篮红薯、在清晨冰冷的水塘中淘洗的老妇人,一个在秋风黄叶中捡拾着干柴的小男孩……";在《雪落乡野探春声》中,他关注着农人小麦的长势和农民负担;在《黄花苗,我进城的乡下姐妹》中,他用微薄的爱心给予乡下卖黄花苗的小姑娘以温暖;在《春草姐》中,春草姐年轻而苍老的身影直至早逝的生命,让他流泪和愤懑。这些,使水兵的乡土散文充满了人情味和人性的力量。

面对故乡对自己的养育,面对农人的艰辛,水兵又时时感到自己的软弱和力不从心,内心时常涌动着对故乡和父老乡亲的深深歉意。对于一个只能用文字来表达关爱的人,对故乡和父老乡亲的命运到底能改变多少?水兵心中自是非常清楚。因此,在个别篇章中,水兵甚至会在同情之余,发出深刻的叩问,农人的艰难和草木般的命运到底是谁之过?(《香草姐》)水兵在一次作家访谈中也直言不讳地说:"我想让我的故乡醒过来,觉悟起来,走出去,但我又没有这个力量。"思念故乡又不敢回乡成为他内心中的两难。对故乡无以回报的愧疚,时常让他禁不住追问自己的收获,"秋天的月亮已经升上夜空,在春天的土壤里,你种下了什么?友谊还是爱情?汗水还是虚名?"(《秋天的思绪》)

## 拒绝融入：心灵的自我放逐

乡村的自然景物不管是如何美丽,生存的艰难使乡下人对城市生活产生着深深的向往,因为城市生活毕竟是现代的、丰富的。作为一个农家子,水兵尽管步入城市后经历了艰辛,但毕竟享受了现代文明的阳光雨露,因此,尽管他不停地对故乡进行怀想与抒写,在《进入城市》一文中他又会一针见血地说:“可美好只在回忆中,记述只在笔下,谁真的会返身,谁真的要弃城而逃?”

在这种现实和心理背景下,水兵就只能一面怀想故乡,一面在城市进行心灵的自我放逐,颇有“身在曹营心在汉”的味道。于是,对城市的抒情成为他散文创作的又一景观。在《进入城市》中,他写道:“大多数人在干着他们深恶痛绝的工作。活着,挣钱,享乐。”同时,他又说:“以钢筋、水泥为主体的城市,它永远不相信高尚的眼泪!”在城市生活,他只能“像一条狗一样在城市的边缘游荡”(《返回故乡 · 在乡下享受夜晚》)。城市的僵硬、麻木、冷漠,折射出他的愤懑和无奈。在《风中白杨》中,面对被砍倒的白杨,他借余杰之口说:“我与故乡唯一的联系被斩断了,我真的成了流浪儿。”在城市,水兵的流浪感是如此深重,内心所思所想的常常是返回故乡——心灵的故乡。因此,在《返回故乡 · 把生日移到乡下》中他会说:“我的心一直在漂泊着,在这里,我永远没有家。”于是,他才会回到故乡去度过自己 40 岁的生日。于是,他才会从喧嚣与虚假的都市到乡下享受宁静祥和的夜晚。

其实,在水兵的不少散文中,我们不难看出,他也是极力想融入城市这个现代环境的,为此,他对城市有时也不无赞美之语。在《聆听春天的乡音》中,他描写了白河岸边春日如诗如画的美景:“白河夹岸的桃花已灼灼燃烧,似秋天落日下西边无尽的锦云,穿行其间,无数的蜂蝶翩翩起舞。”在《一片漫游的绿地》中,废墟上的一块绿地竟然成为他心中的绿洲和歌咏的对象。但我知道,这种融入的努力是艰难的。一个人最难改变的是他的内心。我不知道,要有多久,水兵才能最终融入城市?也许,要一辈子。

这种融入的艰难,也许是在客观上成就水兵创作的动因之一。一颗被放逐的心灵,才会不停地寻找和迸发激情!

## 透视人格:高贵精神的解读

南阳作家群新推出的10位青年作家,在我的印象中,徐文和水兵都写了不少文化随笔,对一些文艺大师的高贵人格进行透视。水兵的文化随笔,更加突出了他的写作立场。

在水兵的一系列文化随笔中,他对索尔仁尼琴、恩斯特·涅伊兹韦斯、托尔斯泰、鲁迅、波伏娃等进行了解读。索尔仁尼琴宁可被流放,漂泊异国他乡,也要把《古拉格群岛》写下去(《有尊严地活着》);涅伊兹韦斯力排众议,为赫鲁晓夫设计出黑白分明的墓碑(《为赫鲁晓夫设计墓碑的人》);年过八旬的托尔斯泰,为实现"平民化"的夙愿,彻底摆脱所谓"高贵"的贵族生活,弃家出走,最终倒在了大旷野上,死后的坟墓仅仅是一堆土而已(《伯爵的土坟》)……这些大师们在生活和创作上都保持了做人和写作的尊严,尽管为此他们付出了遭受打击、迫害、流放甚至付出生命的代价,但他们生命和创作的光芒一直照耀着过去和未来。当水兵在抒写、赞美这些大师的人格尊严的同时,他也不自觉地在完善着自己写作和做人的尊严。

此外,在水兵其他散文作品中,也同样体现着这种对生命尊严的维护和歌唱。在《生命的高贵》中,他被电影《泰坦尼克号》中面临危险的人们先人后己的绅士风度和从容赴死的敬业精神深深感动。在《仍在路上》中,他对生命不止、追寻不停的执着精神大加赞赏,并表示自己也要"把脚下的路写成狂草,深厚而深远"。在《接通诗人的往事》中，他写出了自己人格的透明和对纯真友谊的渴望。

凡此种种，无不显示着水兵面对人类共有精神事物不停开掘、呈现的努力。只有这种写作的努力，才终将使人与草木区别开来，并终将使人挺立在宽厚的大地上，成为一道永不消逝的风景。

站在良心的立场上写作，使水兵保有写作的尊严和人格的完善。他那激愤、热烈、浓郁、抒情而又透明的文字，将会给我们留下持久而难忘的印象。我坚信，在这条高尚而孤绝的写作之路上，水兵的写作将会更加奔放而自由，也将更加接近文学最本质和最神圣的部分。

# 灵魂的低语　理性的思索

## ——朱景涛创作论略

在日益物质化的现实生活中，一个作家要想固守文学立场和文人情怀实属不易。青年作家朱景涛以他风格鲜明的诗歌、散文创作于风光不再、艰辛依然的文学小道上演绎与表述着自己对自然与人生、历史与文化的感悟和思索，给了我们许多亲切的启示。

景涛最先是以文学评论走向南阳文坛的。他写作的初期，曾先后对南阳作家群的几位核心人物乔典运、王遂河、廖华歌、周熠作过较为独到的解读，引起了南阳评论界的关注。他的诗论《生命的厚果》在《郑州大学学报》发表后，曾经被多家报刊转载，成为他评论写作的一个重要突破。此后，在坚持文学评论写作的同时，他偶尔写一些随笔、诗歌等，散见于省内外报刊。目前，他已结集出版了散文评论集《灵魂的边地》（大连出版社）、诗集《错叠的瞬间》（中国文联出版社）。纵观景涛所走过的创作道路，由评论到散文到诗歌，初看似乎有些反常，仔细分析，却又一以贯之，那就是他对生活和文学发自内心的热爱。实在地说，非功利的追求成就了景涛的文学事业。因此，他全部作品集中体现的主题就是“守住自己，坚持干净的生存”（廖华歌语）。在他的散文中，有对“云中谁寄锦书来”的渴望（《云中谁寄锦书来》），有对阔别多年的遥远山村的人事的怀念和牵挂(《青春之约》),有对饱经苦难的母亲的追念及对其在天之灵的祝祷(《怀念的乡村》),也有对醉人的春风的倾心(《沉醉春风》)和对“直教人生死相许”的爱情的咏唱(《千年等一回》)……无独有偶,他的诗歌,同样执着于对水稻和玉米的大地、竹林屋舍的年代的深情怀想(《谵语》)。

不仅如此,在诗意述说的同时,景涛以他充满忧郁与伤感的心灵,始终注目于生命与世相的迷惑与缺失、历史与文化的悲怆与苍凉,因此,其作品也更多地表现出对社会与人生、自然与人类、正义和邪恶、高尚与卑下的旗帜鲜明的赞美与鞭笞。也正是因此,在他的文字中,无论是表现现代生活中人情的冷漠与隔膜(《云中谁寄锦书来》),还是揭示人类对自然肆无忌惮的掠夺和破坏(《人间四月天》《和儿子一起面对一条河》),无论是对中国文人卓越而苍凉的命运的深情感喟(《苍凉与卓越》《杜甫之怨》《苏轼:豁达的悲怀》),还是对童年旧事的追怀(《怀念的乡村》),无不表达着他发自心底的善良愿望,述说着他忧时伤世的百转愁肠,阐发着他回眸红尘的哲思妙想。出语平淡里显出警策,运笔温婉间暗藏锋芒。他在《怀念的乡村》中写道:“人类对于自然的破坏和遗弃,远不是生态学家们所担心的平衡问题,而是对自身生存的深切的戕害啊!”当然,景涛的鼓与呼、贬与扬由于语言的包容含蓄,并不经常表现为声色俱厉,而往往是呈现着一份谨慎与小心。他说:“谁愿走出酒楼舞榭,在灯光照白的书桌前展纸研墨,为远方还被牵记的人送上心灵的慰藉或平安的问讯?”(《云中谁寄锦书来》)“迷惑暂存:雕版印刷的时代/文字的修撰是否依据良知”(《现代阅读》)……

作为一个清醒的记录者,景涛对美好事物的期待与丑恶的挞伐,在阅读中总使人想象到一种悲天悯人的布道姿态,使人感受到一种沉静平和的理性精神。这种理性精神在其作品中的自觉贯注,使我们在感受他忧时感世心灵的同时,又不时地碰撞到他灵魂深处闪现的智性的火花。它在照亮读者精神的夜空、给人以更多的启悟的同时，自然又使其创作显示出厚重的文化内涵。我想，在此种意义上，把景涛的散文界定为感悟性的随笔更加符合他的创作实际。面对物质化的时代，他说："歌舞升平、纸醉金迷的浮华和轻飘终不敌时间的磨砺。因物质而存在，必将因物质而消亡。"(《云中谁寄锦书来》)经历过爱情的挫折，他领悟出"生活和爱情的许诺，原是互相支撑的生命的两极：一个是生活的支点，一个是浪漫的舞台"(《伤心桥下春波》)。李白、屈原为什么做不了政客，他认为是因为"善的规定性更多地来自现实的功利需求，而真正的诗却往往远离功利"(《转瞬间逝》)。《受伤的羊群》更是以诗歌的方式，含蓄地提示着狼和小羊故事的真谛……

作为一个积极入世的文人，景涛无疑有时显得十分孤独，心事沉沉，欲言又止，举目四望，茫然低徊。他多么渴望自己灵魂的低语有人侧耳倾听，多么渴望自己偶然萌发的思索有人真心珍视！但无论如何，景涛是满足的。因为通过文字的表述和融入，他的心灵得到了自我释放、疗救和超升。

# 内敛的叙述与绵密的思绪

探究与考察朱景涛的散文,我最为关注的是他文本叙述的内敛和行文的严谨与绵密。作为一个阅读者,我很久没有读到这样沉静和沉实的文字了。内敛的叙述,为我们进入他的文本制造了一定的障碍,只有摒弃功利的阅读者,才能以平和的心境深入那些充满魅力的文字内部。同时,文本中那些绵密的思绪,又自然而然地激发着我们的共鸣与想象。至此,我仿佛已经找到了解读朱景涛散文的突破口。朱景涛的这本散文集《虚拟的奔跑》(中国文联出版社,2002 年 10 月版),就是我解读他散文的最好范本。

作为一个在体制和文学之间悠游的写作者,精神之我与世俗之我的严重冲突,使景涛期望通过一种恰当的叙说方式,为自己过于封闭沉闷的心灵找到一个能透透风、呼吸一口新鲜空气的窗口。同时,他又不得不把写作当作内心一项隐秘的事业,小心而谨慎地把握着他的文学方舟,将这种需要言说的压迫和内心冲动的激流,转化为在文字中的虚拟的奔跑。甚至他常常把写作当作做梦来慰藉自己孤寂的灵魂。因而,虚拟的奔跑,其实就是他的灵魂与思想在内心的方地奔跑与飞翔。我以为,这是造成景涛散文目前这种风格的根本原因。

景涛的心灵是幽闭的，这决定着他面对生活和心灵苦难的超然态度。面对农村生活的苦难，他没有多少怨尤，而总是以平和沉静的心态包容着。乡村的天空和大地是干净的(《镜中乡村》)，充满着劳作艰辛的麦垛洋溢着农人收获后的幸福(《闪光的麦垛》)，贫乏的饮食是他的“收藏品”(《饮食之忆》)，缺少燃料时代捡拾的柴禾是人间温情的象征(《柴禾》)……就这样，面对过往生活的苦难，他不仅在消解着苦难，而且从苦难中寻觅出了安抚心灵的慰藉。面对心灵的苦难，他总是在夜晚、在梦中、在音乐中，在一切能够消解心灵苦难的载体中做着自我安慰。虽然他让灵魂总是脱离自身而飞翔，但总是在飞翔之后又能返回自身，安然入眠。从这个角度看，具有超然心态的景涛是多么地令人艳羡。

景涛心灵的幽闭，自然而然地诱引着他文本叙述的内敛。在他的作品中，他总是以一个灵魂漂泊者的姿态，以冷静探寻的眼光来观望、洞察和叙说。不论是遥想故园也好，还是捉梦自慰也好，还是浮世游走也好，无不体现着他这种叙述的内敛与幽闭。这种幽闭的写作也决定了他的创作中不会有什么宏大的叙事，也不会有什么重大主题。即便在如《英雄》一文中对英雄的反思，在《雾》一文中对“文革”武斗场面的追忆，仍然是从心灵的细微处来进行观照。过去芸芸众生顶礼膜拜的英雄被剥去了虚假的表象，还原了英雄的平凡和真实。“文革”时代犹如一场弥漫的大雾，裹挟走了少年伙伴的生命，但“雾”使惨痛的历史和往事虚幻并难以真切和长久地被后人记忆。在他的散文中，他更多的是从生活和记忆甚至梦中摄取朴素而又平常的物象，来进行诗意的叙说，来表达他的哲思妙想。如镜中的乡村、闪光的麦垛、母亲的呼唤、飞来的鸟、故乡的小桥、灵魂的影子、琴棋书画、折翅的鸣叫、风姿绰约的树等。这些在我们眼中再平常不过的事物，这些不知被多少作家反复咏唱过的事物，在景涛的笔下却闪现出了新的色彩、光亮和特质，是因了他笔下诗意的点染，还是因了他内心沉静的思索？

应该说，景涛是一个不折不扣的诗意的思索者。作为一个不错的诗人，他曾经写过不少明净的诗篇，并结集出版了诗集《错叠的瞬间》。因此，他的散文也就不可避免地充满了浓重的诗意，这种诗意又是那么地繁密，几乎遮蔽了我们阅读现实的眼睛。他那乡村的事物，都被涂抹上了梦想和诗化的色彩。在他的笔下，镜中的乡村成为一幅幅沉重抑或幸福的画面（《镜中乡村》），闪光的麦垛成为乡下劳动者浇灌的花朵（《闪光的麦垛》），一幅画盛满了山色和水光（《一幅画》），乡村的鸟是整个乡村的温馨的梦境（《飞来的鸟》），宁静祥和的宝天曼是地球村的后花园（《地球村的后花园》）……这种诗化的描写，使他的散文语言粒粒饱满，像金秋时节丰收的金黄的黄豆荚，充满了张力。同时，他的散文语言又凝练无比，如水洗过一样，几乎找不到一个多余的字句，颗颗晶莹如珠。景涛散文的语言由此也就产生了无穷的魅力。

景涛的作品中也充满着绵密的思绪，从这个角度来讲，他又是个不错的思考者。对乡村生活的追忆，负载着他对现实的思索。《呼唤》中，他既写出了母亲呼唤的亲切和悠远，又写出了现代人的失语。《桥》《土寨墙》等作品中，他写出了历史的变迁和时代的更替。《善良的归宿》中，他写出了对道德和人性的追问。《祠堂》中，他揭示了人生最终无奈的归宿和结局。在他的散文中，他的思索又是连绵的。《镜中乡村》中，呈现在我们面前的是一些从大地深处走出来的亲人，一些收割过的庄稼转眼泛绿的媚影，风经过白围墙院落时被叫醒的一树梨花，秋千架下七月半的红枣刺痛的眼睛，拳头大小的三月的鸡仔啾啾唧唧的鸣叫，纺车和织机交响的午后的荫凉……《一幅画》中，他展现出的是墨色淋漓的山，澄澈的绿水、帆影、鸥鹭，隐隐约约的樯橹击水的声响。《山中听歌》中，山是音乐的仓库，存储着自然的乐器；山又是宏大的乐队，有着大气磅礴的琴弦，布置着无与伦比的声箫竹管。这些，都是景涛凭着自己细腻的感觉，抓住并写出的别人不易觉察的事物内部的细节。

对心灵的挖掘,呈示着他更深刻的思索。在《灵魂的影子》中他说:“灵魂的无所不在的性质,使那些骄奢淫逸的岁月变得有所节制和收敛,使那些夸张虚浮的事件,呈现出色厉内荏的面目。”在《全然》中他写道:“设若贫者安其贫而得其乐,富者舍其富而行其德,则贫者知足,富者祈福,大道常运,各得其所,人生可谓全然哉!”但遗憾的是,他梦中的思索,只不过是他的心灵自慰而已,他的全然的哲学,在现世中是几乎不可能行得通的梦游者的臆想。

这种诗一样的语言和充满智慧的思索,使景涛的散文富有意味。读他的散文,你只有在灯光照白的静夜,抚平白天和世事所有的浮躁,以淡然的心境,才能揣摩出一个恬淡文人胸中的真意。再打一个比较粗俗的比方,读他的散文犹如吃饭,你不能像吃粗食那样大口大口地吞咽,而是需要像吃山珍海味那样小口小口地品尝,否则你根本不会知道你吃的东西到底是什么滋味,你也就领悟不出他散文语言的核心魅力。

但如前所述,景涛的思索又不过是他安放浮躁灵魂的平台,因而也就缺乏一种终极意义上的追问,也可以说,他的思索是软弱的,抵达不了世相和人性的根部。《善良的归宿》中,他相信道德和人性的力量,而事实上这些都是靠不住的,只不过是人们善良的愿望和民间的神话而已。《雾》中,他写出了“文革”时代的惨痛记忆,但他没有力量去追问更深的根源,甚至有种逃避的嫌疑:“每逢大雾,我是决不出门了。”所谓乡村、做梦、山水,都不过是他聊以自慰的载体而已。灵魂的高蹈,往往会失去最真切的声音;诗意的叙说,往往又弱化着人世和心灵的苦难。美好的图景,只能成为文人虚幻的影子。其实,对此他也是有着清醒的认识的。在《自慰的徒劳》中,就连他自己也不得不说:“自慰是一个人走向自弃的最方便的道路,它对于苦难和责任的逃避,恰恰给罪恶打开随意出入的大门。”

但无论如何,景涛的散文反映了一个文人纯正的心境。在他这些明净的文字中,他在努力“获得彻底的净化和诗意的生存”(《地球村的后花园》)。在这个日益嘈杂的世界里,景涛的这种追求已属难能可贵。而我在这篇短文中却写出了更多的苛责,无非是期望景涛能够超越自己,自由舒展地进行写作,写出更加精美而接近文学本质的篇章。因为我执着地相信,以景涛的才气和智慧,他的散文不应该仅仅是目前这个样子,他的散文必将写得越来越精致、优美并具有相当的深度。

# 勘探精神世界的秘密

——解读盛丹隽的小说

我不认识盛丹隽，但这并不妨碍我喜欢他的小说。当作家朋友蒙蒙向我推荐盛丹隽的小说时，出于对朋友的尊重，我开始去阅读盛丹隽的小说，而且一口气阅读了十多篇。我想，我能够一下子读一个作家这么多的小说，肯定不仅仅是朋友推荐的缘故，更重要的在于这些作品对我来说是有吸引力的。朋友的推荐，只不过为我的阅读提供了一个契机，而我能不能读下去、是不是喜欢读，那纯粹是我个人的事情。这有点像媒人说媒，双方喜欢，可以喜结良缘，不喜欢则可以继续各自寻找。此为题外话，我们还是来说说盛丹隽的小说。

盛丹隽的小说引领着我洞察了人的精神世界的诸多秘密。米兰·昆德拉说："小说家既不是历史学家，也不是预言家，他是存在的勘探者。"盛丹隽在他的小说集《城市童话》的自序中也说："在过去的写作中，我曾给自己设置过各种各样的难度，竭力探查人精神世界的真相。"人的精神世界中，有许多秘密——它们潜存在人的内心深处，有些甚至是一闪即逝的欲念，但不少作家往往视而不见，或缺乏探索与揭示的勇气。读罢盛丹隽的小说，我可以肯定地说，他就是这样一位对存在、对精神世界执着而坚韧地勘探的写作者。虽然，对一个作家来说，对存在和精神世界的勘探不可穷尽、永无止境，但盛丹隽无疑对精神世界的挖掘与呈现有着特殊的能力，他小说中对人的精神世界的隐秘的体察与表述，精心、精细，并饱蘸情感，这使他所编织的故事显得真实而感人。

在这个日益物质化、世俗化的世界上，酒吧、歌舞厅成了人们主要的娱乐场所，物质、金钱、情欲成了人们追逐的主要生活目标。在这样的现实生活背景下，人们的内心对现实世界充满了焦虑和恐惧，并因此导致人们心灵的困窘、迷惘和无路可逃。而在这纷繁芜杂的生活谜团中，盛丹隽以情感、爱情、婚姻、性、命运这些习见的文学命题为切入点，展开了他的小说写作之旅和对人的精神世界秘密的勘探与呈现。比如爱情，盛丹隽就经常以其为小说写作的主线。他的小说中的爱情，往往起始于美好，又渐趋于厌倦，之后那些男男女女们又会在新的生活和情感中不断遭受同样的际遇。《你来得真不是时候》中，“我”和木文丽已经结婚了，但“我”对耿青的欲望和木文丽对马鸣的情愫都在内心涌动，只是随着时间的流逝，这些内心隐秘的情感才渐渐随风而去。《镜中之镜》中，安荭离婚后，孤独地在城市漂泊，她既有生理的需要，如与威大明不可抗拒的性爱，她又有心灵抚慰的渴求，如与石先生若即若离的相互牵挂。《寂寞之窗》中，“我”与郁白的爱情看似缘分已尽，但经历了分别的日子，郁白又向“我”发出了“我要回家”的呼喊。《鳄鱼大街七号》中，紫青在与古浪的短暂激情之后，面对古浪的不辞而别，为了寻找心中的爱，她执着地寻找着那个也许根本就不存在的爱的地址。《破碎的红石榴》中，支撑房东这位中年男人写作与生活激情的，是郁子的到来，而一旦这个精神之柱将倾，他也就失去了最后的生活信心。《阳光的尘埃》中，随着清对最初爱情的回忆与追问的深入，对方的生命痕迹也越走越远。《少年华子》中，华子对红茹的情感是清纯的，但随着他对红茹了解得越来越深入，他对生活中的种种重负也就越来越释然。盛丹隽的这些小说，多角度地深刻揭示了人们在爱情生活中的忧愁与喜乐、困惑与释然、追逐与放弃的复杂心理。阅读盛丹隽的这些小说，你会一点点地走近人物内心世界的所思所想和喜怒哀乐。

当然，盛丹隽这些有关爱情的小说在对情感的呈现中，也有着更深入的精神指向——对人的命运的深刻揭示。《云雀》中，凌重因了与骆红的爱情而下岗了，像云雀一样地飞翔，只能成为他的梦想和唯一的结局，而“头”这个最终左右他命运的人在生活中的存在，让人不寒而栗。《胸卡与邮筒》中，废旧的邮筒，永远也发不出的信件，使沙枣挣了钱后回家与红菱结婚的美梦成为了泡影。《斑马号客车》中，婴子为了想象中的表哥，把贞操献给了一个城市的陌生男人。盛丹隽的小说把现实生活中人无法把握自己命运的无奈，写得让人感叹、感慨。

盛丹隽的小说中，充满着忧郁、感伤而诗意弥漫的叙述。在他的小说中，无论是作者的叙述也好，还是作品人物的内心独白也好，总是弥漫着感染人心、让人动情的情感元素，总是能激起阅读者内心阅读的欲望。他的小说的叙述，就像月光下一袭华美而忧郁的睡衣，让人充满了不忍舍弃的怅惘。无论是对自然景物的描述、联想，还是人物心灵中情感的释放，盛丹隽总是有着超乎寻常的精细表述能力，那种纯熟的语言表达，让我看到了汉语的鬼怪精灵，而叙述内里的忧伤，就像一种难以摆脱的疾病，让我感到了生活飞翔的奢望。

然而，梦幻又是必须的，即使这种梦幻是迷离和难以捉摸的。盛丹隽的小说或是他小说中的人物，总是在编织着一个又一个美丽的宫殿——精神家园，他们总想栖居其中，享受爱情和生活的甜美，但乌托邦是不存在的，人终归要从梦中醒来，这不免让人伤感。盛丹隽在他的小说写作中，经常采用意识流等现代派手法，让作品中的人物总是在眺望、回忆或是梦幻中畅想、生活。现实与梦幻总是交织在一起，让我们分不清他小说中哪个是人物的现实，哪个是人物的梦幻。而实际上，现实与梦幻又哪里分得清楚？梦幻，有时候反倒比现实来得更真切。盛丹隽的这种叙述方式，显然受了西方现代派大师如博尔赫斯、卡夫卡、马尔克斯的深刻影响。这种现实与梦幻交织的叙述方式，成为他对人的精神世界进行深入勘探的得力工具。

盛丹隽的小说中，有着许多隐喻味道很浓的意象。红墟大道、镜子、云雀、红石榴、鳄鱼大街七号、石鱼、邮筒等，都是作者在他的小说中精心设置的意象。如红墟大道，是他多篇小说中出现的一个街道的名称，这条漫长而神秘的街道，延伸着人的许多希望，也埋藏着人的许多梦想。如镜子，也经常出现在他的小说中，镜子是现实的，也是虚幻的，它能照出人的美，也能照出人的丑，能照出人的欢乐，也能照出人的忧愁，人在高兴时要看它，人在不高兴时要远离它。一面小小的镜子，成为盛丹隽透视作品中人物内心的秘密通道。意象的设置，给他的小说增添了迷幻的色彩，也给他的小说增加了让人咀嚼回味的内涵。

盛丹隽的小说还透出一股欧·亨利小说中经常出现的幽默与荒诞的味道，但又与欧·亨利的截然不同，欧·亨利的是那种含泪的笑，而盛丹隽却为他的小说增添了更加浓重的悲情色彩。《红墟大道》的结尾处，敲响曲青房门的是与她有暧昧关系的阿里，还是她的前夫泊子？到底是谁，作品没有明说，让人浮想联翩，使作品和人物未来的发展有了多种可能性。《哪是我的工厂》中，伍木下岗后，从自我的清高到被警察拘留，从他对一个陌生女人产生瞬间冲动的欲望到反被这个女人偷去了钱包和身份证，直到这个女人在暗夜里向他发出挑逗的邀请，在这幽默与荒诞之中充满了人生的辛酸。《成人童话》中，潘亚红与汤术做爱时，喊的却是她已经死去的丈夫夏煌的名字，汤术在暗夜里产生冲动欲望的对象正是在戒酒所里为他服务的护士木兰，而戒酒所又是夏煌生前所建。《回家》中，马嘶老汉为了找回老伴的骨灰而四处奔波，正当有所眉目时，他却因突如其来的车祸而死在了已经面目全非的自家院子里的古槐树前——而今的一个城市的大型广告牌下。

《鳄鱼大街七号》中，紫青所苦苦寻找的爱的地址，却是城市的幻想治疗中心。盛丹隽的小说中，这种人物的努力追求与现实结果所形成的巨大反差和悖谬，其实也正是生活本身的不确定性所造成的必然结局。

米兰·昆德拉说小说是"游戏与假说的领地"，但盛丹隽却在他的小说领地里，凭借着他对现实生活的精妙把握、独特感悟和成熟的写作技巧，生动真实地再现了现实生活中男男女女心灵的孤独、寂寞、臆想与挣扎。他的这种独特的写作风格，造就了当代小说写作中的"这一个"。

可以说，盛丹隽的小说是好读的小说，也是耐读的小说，但读得多了，难免让人有重复之感。打个比喻，武林高手修炼到一定程度，"一门独"便足以成名天下。但文学写作却与其有很大的区别，写作正如迟子建所说："旗帜有时候就是坟墓。"在盛丹隽的小说中，我们可以明显地感受到他的写作题材的狭窄和写作思路的拘泥，这无疑局限了他的写作潜能的发挥。我们期待着他在小说写作的道路上越走越开阔，越走越深入，不断写出这个复杂多变时代中人类心灵和精神更隐秘的挫折与梦想、痛苦与幸福！

2008年5月26日病中作于方城

## 诗人，为梦想守灵

——评陈立红诗集《文明的呼唤》

在诗歌道路上跌跌撞撞行走、探索了 20 多年的青年诗人陈立红，终于在不惑之年出版了他真正意义上的第一本诗集《文明的呼唤》(中国青年出版社,2007 年 9 月版)。诗集的标题乍看之下也许缺乏诗意,也许缺乏诱人的奇思怪想,但却体现着立红诗歌一以贯之的对民族文化和人类文明的固执的坚守。他在《读夜》一诗中感慨地写道:“诗人,你为谁守灵?”通读罢立红的诗集,我们不难明白,诗人无论是对祖先的寻根、对故乡的怀想、对现实的警觉,还是对未来的忧患,都凝结着他态度鲜明的热爱、痛恨或者挞伐。作为诗人,无论是向心灵的深处掘进也好,还是向外的冷峻审视也好,如果失去了正直、正义、道德与良知,那么他的诗作还有什么存在的意义与价值?正是在这个终极意义上,立红的诗集为私人化写作渐成风潮的中国诗坛树立了一个崭新的标度。

立红的人生与诗歌之旅并不平坦。从桐柏到南阳,从南阳到郑州,再从郑州到北京,从中国偏僻的山沟沟,一路歌吟到中国政治文化的前沿和中心,他的诗歌探索的目光也逐步开阔和明亮,就像一条从深山峡谷中奔流而出的小溪,不断变得宽阔和丰沛。在这个纷繁杂芜的时代,更多的人在关注自己日常的物质生活质量,这也就使所谓的心灵在日益粗砺,道义与担当离普通大众越来越远,即使那些追寻心灵生活的诗人们,还有多少会把怜悯与歌吟的目光投向文化与文明的积淀与裂变,以及人类现世生活的幸福与苦难?立红像许多北漂者一样,在诗歌创作的道路上吃了不少苦头,但他诗歌的触角极少关注个人的悲欢,更多的是对中华民族的文化之根、城乡演进过程中二者的反差与现代文明变异的抒写与展现。立红的这种写作姿态,在当下的诗坛具有着不同寻常的意义,也显示着一种清风明月般的品质和风格。

对祖先及与之有关的物事,诗人的文笔间充满着敬仰。有许多东西,一个人可以抛弃或超越,但也有一种东西,一个人任何时候也改变不了,那就是一个人的祖先和根部,那是一个人血脉的发源地。比如:一个人的父母、民族、肤色、母语和文化背景等,都是与生俱来的,都是无法改变的。对于普通公众来说,这是一种潜在的心理基因,而对于一个诗人来说,则是文化的自觉皈依。由此,立红禁不住在《祖先》一诗中写道:“我看不见你摸不着你,/只有一个遥远而朦胧的声音自冥冥而来,/日夜扑打着我的梦证明你的存在。”祖先也许是神话、传奇,抑或是虚构、图腾,如龙、女娲、盘古、后羿、夸父,但我们的祖先是不可置疑的存在和我们精神的依凭。屈原、包公这些史有其人的人物身上发生的那些碧血丹心的故事,总是在后世的诗歌、戏剧或民间的仪式中被深刻地铭记。与祖先精神一脉相承的,还有白桦树、大草原、淮源、开封铁塔、天安门广场及永恒的灯火,这些都成为诗人的歌咏对象。祖先,就是照亮我们不断前行的灯火啊!

故乡是一个人的出生地,也是一个人永远的精神栖息地。在立红渐行渐远的背影里,他对故乡的诗思洋溢着浓厚的依依难舍的情怀。故乡的土地、阳光、柳叶、菊花、白菜、农父及进城的农民,都是诗人心目中故乡的侧影,诗人对之的理解与感悟真实、真切而又满怀隐忧。

读到他的《土地》一诗中“你生养了我们,/又埋葬了我们”的诗句,不禁让我想起了艾青的著名诗句:“为什么我的眼里常含泪水,/因为我对这土地爱得深沉!”土地之上,承载着故乡的一切。远离故乡,使诗人心怀戚然,“一去千里,/子夜茫茫”(《50次特快经过南阳》),是诗人离乡就开始怀乡的真实写照。

立红在寻根与怀乡的诗意徜徉之后,又将诗思跃向了对文明的观照。黄河文明、农耕文明、春节文明、现代文明在他的诗作中的多角度呈现,使他的诗作的内在精神站在了一个更高的起点上。这也许就是立红一直强调的文学创作要有世界性眼光的创作实践。

但立红的这种文明之思和对梦想的守望,又充满着难得的批判意识。诗歌的清醒,源于诗人的清醒。诗歌的迷醉,将会使诗人难以寻觅到灵魂的出口。炮烙之刑、屈原之死,浸透着历史的残忍、苍凉和荒诞。高贵而又经常屈下的膝盖,是一个民族应该时常反醒和汲取力量的心灵之痛。现实生活的高度物质化,使“倒进下水道的诚实和良知气愤得发臭”(《进城的农民》)。现代的局部战争,在莫须有的理由下时常发生,将文明蹂躏,“古巴比伦文明,/像一个古典的阿拉伯少女,/野蛮的牛仔正在撕扯她的衣裙”(《伊拉克的石油人民的血》)。相对于不少作家、诗人面对文明的破碎而失语的现状,立红是充满直面与批判勇气的一位。

诗人是一个时代的良知。一个诗人内心的动荡,无不受影响于一个时代的风云变幻,哪怕是诗人内心最为隐秘的疼痛,也总是感应于一个时代的风情和脉动。立红的诗歌所让人称道的,归根结底就在于他的歌唱“表达一个中国诗人对世界文明发展的希望”(《〈文明的呼唤〉后记》)。

有所承担,有所守望,使诗人陈立红的诗歌具有了大地的宽厚、质朴与坚硬的品质。一个诗人心灵的方向,决定着他诗歌写作的方向。一个诗人诗歌写作的方向,将会决定一个诗人诗歌生命的长度。因此,诗歌虽然决定不了文明的进程,但却是人类文明的一面镜子。这部几乎摒弃所有技巧的诗集,就是这样一面质朴的镜子,既映照了中国新诗诞生 90 年来所走过的艰辛道路,又展望了中华文明伟大复兴的动人前景。这是一个易遭误解的话语,也许只有时间才能逐步凸现它更深的意义。

梦想是人类对幸福生活的向往,是创造美好事物的原动力。坚守梦想,人类文明就增加了一份希望。让我们回应“文明的呼唤”,与诗人一起共同坚守……

2007 年 10 月 26 日

# 小说的智慧与现代感

南阳的新生代小说家，大都或多或少地受到行者的影响，对小说智慧与现代感的探求成为他们一致的努力。当然，这些南阳新生代小说家们的作品面貌又各不相同，就像一棵树上绝没有两片相同的树叶。

什么是小说的现代感？行者说："文学必须对时代生活和艺术形式有着双重的敏感，这就是现代感问题。"（《十棵树，一片森林》）青年作家蒙蒙是对行者这一创作理论贯彻得较为彻底的小说家。他的小说既生活化，又具有现代感。这是蒙蒙的智慧。

现实生活中的蒙蒙腼腆、敏感而细密。在小说创作中，他总能将现代青年生活中琐碎的事件钩织起来，成为表现深刻主题的篇章。蒙蒙的小说创作内容都是从生活之河中打捞出来的他较为熟悉的故事，平常而又平凡，但他往往又能从这些平常而又平凡甚至琐碎的故事中提炼出永恒的人生主题：复仇、死亡、爱情、宿命等。这是蒙蒙的聪明之处，也是他小说的智慧之处。我认为，他写得最精彩的两篇小说是《失控》（《延河》1999 年第 1 期）和《赁客》（《躬耕》2003 年第 11 期，《小说选刊》2004 年第 2 期选载）。《失控》以摩托车为主体意象，以田东的意识流动为主线，写了俞北、高南、马小艳、田东四个青年人先后骑摩托车死亡的故事，揭示了人生命运的无常和命运不可知的力量对人生命的毁坏。摩托是一种象征，而人往往失控的是对个体命运甚至生命的把握和控制。这个故事让人感叹和震撼。《赁客》表面上写的是一个爱情故事，郑强、郑子亮两位朋友与孙淑兰、孙淑梅两位姐妹的爱情错综复杂而又晦暗不明。而实质上，这篇小说超越了爱情故事的层面，依然写出了人生的宿命和命运的不可把握。事实上，蒙蒙是在通过他的小说来探寻存在，而存在是无意义的：失控之后是死亡，租赁之后是空无。在生活中写出现代感，是蒙蒙小说的创作活水。

蒙蒙小说的智慧还表现在他出色的叙事技巧。如前所述，蒙蒙的小说创作内容是生活中的平常小事，这些平常小事之所以能够写得扣人心弦，是因为他往往能够用独具匠心的叙事方法，将这些琐屑的内容精巧地连缀在一起。米兰·昆德拉说："小说家有三个基本的可能：讲述一个故事；描写一个故事；思考一个故事。"（《小说的艺术》）蒙蒙却兼具这三种能力：讲述故事一波三折，描写故事精细入微，思考故事伸入底里。重要的是，在腾挪跌宕的小说叙述中，蒙蒙往往能将琐碎平凡的生活故事讲出新意。在《赁客》中，围绕两对青年男女的爱情纠葛，他写得错综复杂、悬念迭出，为我们设置了一座座迷宫。叙述的复杂，为蒙蒙小说对爱情细微处的揭示提供了平台。其他如《失控》中通过田东临死前的回忆，对四个青年人（包括他自己）的死进行了描写，《跟他们搞》（《山花》1998 年第 8 期）中倒叙、插叙等多种叙事手法的运用，都体现了蒙蒙力求小说避免平面化，写出波澜起伏的追求。某种意义上，小说的形式也就是内容，它使我们的阅读常常陷入思索和冥想。

蒙蒙从不以作者的身份介入对故事和人物的评判，总是让故事和人物自己来展现和说话，这使他的小说显得冷峻和凄艳。《失控》中对死亡的描写，《现场》中对生之艰难的描写，《赁客》中对爱情的不可捉摸的描写,莫不如此。这使他的小说成为小说的存在,成为自在的文本。

蒙蒙的小说是植根大地而又超越现实的写作,这为小说写作提供了一种新的方向和意义:从时代生活中提炼、打造出具有现代意味的小说文本。这是蒙蒙小说创作的特殊个性。

# 诗性与哲学的村庄

最早知道李雪峰这个名字，是10年前在《南阳日报·白河副刊》上读他的一首关于大雪的诗歌；真正认识李雪峰，却已经是2005年盛夏时节在王村召开的南阳文学论坛上了。在雪峰温良诗意的形象背后，我渐渐了解了这位青年作家驳杂的创作视域和不凡的创作成果。

雪峰就像一位精通十八般武艺的年轻侠客，又像一位淡然入定的得道高僧，恬淡地“隐居”在山清水秀的西峡山城，不断地参悟着自己的文道，竟然在散文、诗歌、小说等多个文学门类上都卓有建树。粗略算来，10余年间他已在《散文》《北京文学》《短篇小说》《百花园》《诗刊》《星星诗刊》《人民日报》《中国青年报》《演讲与口才》等各类报刊发表作品1000多篇，已出版《心灵鸡汤·成长花园》《心灵茶坊》《心灵鸡汤·钻石宝地》《心灵解锁》4本文集，另有6本小品文集正在出版之中，作品量之大让人咋舌。更重要的是，他的作品受到了广大读者的喜爱，有200多篇作品先后被《读者》《青年文摘》《青年博览》《东西南北》等刊物选载或入选多种选本，一些精美的哲理小品甚至被国内外的语文教材选用，其中《浮生若茶》《母亲的贺卡》《生命的林子》《尊严是一笔财富》被选入全国、河南省中小学语文课本和教材，《母亲的贺卡》《人生泥泞》于2004年被选入新加坡华文中学课本。如今，他已是中国散文学会会员、河南省作家协会会员、《读者》全国百名作品使用权签约作家之一，还是几家报纸的专栏作家。

雪峰在文学的多个创作领域都有不俗的表现，惜乎我读他的诗歌、小说作品不多，不能形成整体印象，在此不敢妄论。阅读了雪峰的大量散文作品，我觉得的确有不少值得称道的地方。从前些年雪峰作品在文坛上的反响来看，他的哲理小品文备受青睐，这与他小品文唯美的特点有很大的关联。雪峰的小品文短小精悍，寓意深远，往往以古今中外经史典籍上的名人故事为由头，娓娓道来，循循善诱，揭示出为人、治学等多个方面的道理，给人以深刻的启迪。《生命的林子》首先为我们讲述了唐玄奘在法门寺修行的故事，方丈的一番教导使玄奘终于明白：一个人也就像一棵树，离开了竞争生长的群体，是不会有大的发展的。雪峰的小品文具有寓言的性质，借助故事来点化哲思、哲理，虽然不乏精彩之处，但似乎并不能算是他最好的作品。

以我的管窥之见，雪峰最为出色的散文作品当属近年来他创作的一系列村庄散文。虽然文坛上有刘亮程、周同宾等不少精于乡村散文写作的大家，但雪峰依然不落俗套，独辟蹊径，用他敏锐的文学眼光，拯救了村庄、土地及村庄内部、土地之上的诸多事物，赋予它们生命的光泽，使它们在自己的散文园地茁壮成长，从而使其一系列的村庄散文透视出独特的文化意蕴。

雪峰村庄散文的独特，首先源于他对乡村事物了然于心、熟稔于魂的敏感，以及对其精细入微的呈现。雪峰出生于农村，自小生活在自己的小山村里，那块土地上的一切没有他不熟悉的，无论是村庄里的人与牲畜，还是一棵无名的小草，无论是土地上的庄稼、天空中的飞鸟，还是父亲倾尽心血构筑的老屋，甚至各种各样的乡风民俗。然而仅仅熟悉是不够的，更重要的是雪峰具有将这些乡村的细节纤发毕现的功力。海德格尔说：“作品作为作品缔造一个世界。作品使世界的敞开始终保持其敞开。”雪峰的村庄散文不是对乡村生活的简单复制，而是用自己的心与魂对乡村生活的谛听和抒写，因而他笔下的乡村生活也就特色鲜明、丰富异常，村庄、泥土、动物、植物甚至乡村的一切物事都有了生命，都有了内蕴。是作家的灵魂赋予了乡村事物以灵魂，是作家的发现使平凡的乡村事物具有了不同凡响的绝佳声色。

雪峰村庄散文的独特，又在于其具有丰厚的文化底蕴，他甚至将一些散文篇章结集在一起，总题命名为《在民俗里蹲着的村庄》。雪峰村庄里的民俗，有下柿子时要留下老鸹柿，给鸟雀们留下过冬的食物；有村庄里的药罐借用后不能去还，只能等别人再用时来取；有大年三十要让太阳歇一天，村庄里的人不许晾晒衣服；有卖牛不卖牛绳，不论牛绳是皮绳还是草绳……这些豫西南的乡风民俗，看似简单，实则包蕴着豫西南人关心他人，关心鸟、牲畜、太阳以至世间万事万物的本真善良和淳朴民风，也饱含着作家对这些民俗文化的由衷赞许。

雪峰村庄散文的独特，还在于它是充满诗性和哲思的。雪峰本来就是一个诗人，他的村庄散文中时时闪烁着奇思异想的诗的灵光。海德格尔说：“纯粹地被说出的东西就是诗。”雪峰的村庄散文就是这样的诗一般的东西。“一缕云朵，一滴露珠，一场斜雨，都是一颗归乡的灵魂，都是一滴水或一条河流的蹒跚回乡，都蕴着一缕淡淡的乡愁。”（《乡村断章》）“一个村庄有多少泥土，就有多少的灵魂；一个村庄的泥土有多古老，它的灵魂就多古老。一个村庄的炊烟能走多远，它的土地也就能走多远。”（《坐在田垅上晒太阳》）雪峰满腔的诗情，在村庄的一草一木上都体现得晶莹剔透。雪峰的村庄散文在诗意中又满蕴着哲思意味。由此可以说，雪峰是个乡村生活的思考者或思想家，他对乡村事物哲学式的思考，使他的村庄散文具有了天空、大地或河流的意味。细细品读雪峰的村庄散文，诗性的哲思让我们阅读时有种酣畅淋漓之感。“一个人的村庄，就是他生命和灵魂的整个世界。”（《坐在田垅上晒太阳》）“生命不过是泥土的一个现世。一切都是属于泥土的。”（《乡村断章》）“我们在伸出镰刀的时候，有一种镰刀在看不见的地方正伸向我们，我们在收割麦子的时候，有一种东西正在默不作声地收割着我们……”

我总是觉得，一个作家之所以能够创作出优秀的作品，除了具有与众不同的悟性外，必须对抒写的东西充满热爱。我想，雪峰对村庄的热爱是发自内心的，这种热爱也成就了他的村庄散文。

# 超越飞扬的想象与人性的深度呈示

作为一个小说家，与那些已在文坛上名噪一时的“70 后”“80 后”年轻作家相比，段舒航的起步无疑是晚了一些。在人生的路径上寻寻觅觅，当兵、上班、经商、学院进修之后，突然有一天，他发现也许写小说才是自己人生的正途，于是从 2000 年开始，厚积薄发的段舒航开始了真正意义上的小说创作。短短几年间，已在《躬耕》《石油文学》《山花》《山西文学》《北京文学》等刊物上发表了《一个少年与一条河》《红鲤》《远去的红气球》《午夜间的一次奔逃》《怀念传说中的一条黄鳝》《朋友老金的最后一个夏天》《新四军时期的爱情》等 10 多部中短篇小说，《喜相逢酒楼》《妹妹你是水》2 部长篇小说也相继杀青。

与不少作家相比，舒航能够在不长的时间内取得如此不菲的创作成绩，我想至少有两个必不可少的原因：一是热爱。自从踏上小说写作这条道路，舒航就注定再无回头的可能。有人说，热爱是最好的老师，我想加一句，热爱也是写作成功最基本的前提。大量搜索自己喜欢的作家作品，无所顾忌地与朋友们探讨小说写作的技巧、方法，从丰富多彩的生活和自己的记忆深处打捞适合自己小说写作需要的素材，几乎成为他生活的全部。没有这种发自内心的热爱，舒航的小说创作也就不可能一直呈上升势头。二是坚守。这里面,一方面是舒航能够一直坚持着写作不放弃,更为重要的方面是舒航能够一直坚守着自己认定的写作路子不改变。时至今日,无论是任何形式的写作,前辈大师们已经涉笔殆尽,在继承前辈的基础上寻找、探索属于自己的写作路子显得尤为重要。不如此,作为一个写作者,离成功的目标就会遥遥无期。这些年我一直在关注着舒航的写作,让人感到高兴的是,舒航一直没有因为别人的批评意见而改变自己的创作路子。一个作家写作的特色,就是一个作家的生命!

舒航的小说,总是给我们以新鲜的阅读体验。他的小说既颠覆了传统小说的写作方式,又与先锋作家们保持着适当的距离。在现实生活的背景下,舒航将生活中的故事写得细腻入微而又感人至深。总体感觉,他的小说在成文之后就具有了独立行走的生命,无论是小说的语言还是小说的情节,都能够让人产生灵动飞翔之感。舒航的小说,是活着的小说,是具有生命的实在。一篇小说能够像一个人或一棵树一样生动地活着,也许才是一个小说家最感欣慰的事情!

舒航的小说植根在大地和生活之上,而又渗透着他个性化的独特思索。他的小说,大多与河流和那个叫作"榆村"的村庄有关,此种意义上,我们可以将他的小说归结为"榆村"系列小说。至于那个叫作"榆村"的村庄是否真实存在,我们是不必深究的,但榆村的故事又确实与生活中的人与事密不可分。无论是《一个少年与一条河》中少年的绝望,《红鲤》中贵龙老汉的吞金自杀,《远去的红气球》中哑巴四品与红气球的乘风远去,还是《划着小船去远方》中二傻的无声消失,《怀念传说中的一条黄鳝》中众多黄鳝的集体奔逃,《新四军时期的爱情》中父亲与母亲爱情的真挚和"我"与前妻爱情的弱不禁风,都深深地烙印着现实的影子,或者说这些结果都是现实逼出来的。现实的背景,使舒航的小说可感可触,从而增加了小说的真实度。

如果仅此而已,舒航的小说也就没有什么特殊可言,可贵的是他总是在小说的形式上努力求新。正如米兰·昆德拉所说:“小说家是一位发现者,他一边探寻,一边努力揭开存在的不为人知的一面。他并不为自己的声音所迷惑,而是为自己追逐的形式所迷惑,只有符合他的梦幻要求的形式才属于他的作品。”在舒航的小说中,与现实生活交织在一起的,总是飞扬的想象和超验的叙说。舒航小说的这种写作策略,无疑是受着中国的庄子和西方的魔幻主义大师马尔克斯的深刻影响。其小说中经常出现的鸟、鱼的形象,有着庄子式的超常想象。他小说中的一些构架和句式,与马尔克斯的小说有着惊人的相似。但关键是舒航能将前人优秀的创作经验与自己的创作实践有机地结合在一起,使他的小说呈现出不同凡响的艺术效果。《远去的红气球》中,四品与人隔绝,却与鸟类有着天然的亲近,不但学习鸟的生活习性,甚至嘴里还会发出足以乱真的鸟鸣,更甚的是四品的四肢上也长出了很多鸟毛;《红鲤》中,贵龙死去的妻子以一只红鲤的形象出现,与丈夫生死相依;《午夜间的一次奔逃》中,“我”变成了一只老鹰展翅飞翔,躲避警察的追捕,而只是受了点轻伤的经理却变成了一个正在吃奶的婴儿……这些奇异的故事情节,使舒航的小说显示出惝恍迷离的色彩,又充满着很大的张力。由此,舒航的小说具有了根系大地且在大地与天空之间飞翔的功力。

舒航的小说具有内在的频率和整体的速度。这一方面在于他的小说语言的飞动,另一方面在于小说故事情节的紧凑快捷。语言犹如一个人的外衣,每个小说家都有不同的穿法,但毋庸置疑的是,小说的语言都与一个小说家的性格及其作品的需要密切相关。生活中的舒航敢想敢说,快言快语,对小说的写法始终有着自己独特的见解。遇到和自己意见相左的,他可以与其争吵得面红耳赤,而遇到和自己心灵相通的,他会与之彻夜长谈,引为知己。从某种意义上说,他小说的语言与叙述风格,与他的性格何其相似!他的小说语言总是给人飞起来的感觉,是他的小说创作的意念和超常的想象,使他的小说插上了飞翔的翅膀。“女人一把将鹅夺过，按在圆内，只听得咔嗒一声，头鹅的脑袋便生生给剁了下来，一股温热的鲜血急雨般喷泻而出，没有了脑袋的鹅的躯体，居然在那一瞬间里愤怒地轰然跳起，它狂乱地扑打着翅膀，将鲜血点点滴滴飞溅于冰凉的雪地，梅花般在阳光下灿灿地闪烁。”（《一个少年与一条河》）“二傻轻快地舞动双桨，活像一只巨大的水鸟扑闪着两只灰黑的翅膀。”（《划着小船去远方》）“我夹起了我的两只翅膀，我躺在奔驰如飞的时间上缅怀当年。”（《新四军时期的爱情》）这些飞动的想象和语言，使他的小说具有了独特的内在频率，也成为小说快速运行的力量之一。再加上他小说结构的精心设置和故事的环环相扣，最终形成了他小说的整体速度。《午夜间的一次奔逃》中，从“我”的无意杀人，到逃跑，到虚惊一场，《新四军时期的爱情》中，从母亲对父亲的拒不接受，到终其一生的相濡以沫，以及中间穿插的“我”与妻子从月白风清的爱情到同床异梦的离婚，等等。我们都可以清楚地看到，他的小说推进的速度非常快，这种速度使我们在阅读他的小说时，总有一种欲罢不能的感觉。如果让我对舒航小说的语言和叙述风格来作比喻的话，那么，他的小说语言就如锋利的刀锋，尖锐锋利地一点点切开了生活的秘密和人物内心世界的隐秘；他的小说的叙述风格就如突如其来的一场大风，席卷着人物、故事和读者的眼球，迅速地从大地上掠过！

舒航的小说通过对现实的真切描绘和超验的叙说，深刻地揭示着人性的深度。阅读他的小说，除了《新四军时期的爱情》中洋溢着温暖人心的力量外，我觉得他总是有种审丑或审恶的情结，他总是把人性的丑恶在小说中剔肤见骨、鲜血淋漓地展现在读者面前。《红鲤》中，贵龙的儿女们为了得到金子，不惜用刀子将死去的父亲的肚子剖开；《划着小船去远方》中，善良的二傻从精神和肉体上都受尽了世人的蔑视和凌辱；《远去的红气球》《一个少年与一条河》中，人类对鸟类、家畜的肆意伤害……无不让人震撼。在这些作品中，舒航又常常以哑巴、傻子为主人公，用有别于正常人的眼光和心理来审视那些所谓正常人人性的丧失和泯灭，让我们读得惊心动魄。我以为，好的小说家，在关注那些正常人的写作中当然能够写出优秀的小说，但通过对弱者甚至身存残缺人物的描写，更易于揭示出生活的艰难和美好，更易于展现出人物的脆弱和坚强。而如果我们细读舒航的小说，他笔下的哑巴和傻子，其实并不比正常人缺少什么，反而他们所受到的挫折和所怀拥的希望更让人钦佩，更让人深思。舒航的小说又总是充满着鲜亮的隐喻，这从他小说的一些题目上就可以看得出来，如红气球、红鲤、黄鳝，以及他小说中经常出现的各种各样的鸟。这其实也是一种对比，与那些丑恶残忍的人相比，这些隐喻无疑是善良和美好的贴切象征。

舒航的小说对人性丑恶的揭示是相当深刻的，但他又不是绝望的，在看似生理畸形的哑巴四品、二傻身上，寄托着他对人生的美好理想和终极探寻。哑巴四品像鸟一样和红气球一起远去，二傻划着小船漂向了无人知道的远方……无论何种文学作品，都是对心灵和情感的展现，对读者来说，能够从中寻找到心灵和情感的共鸣，也许就是最大的幸福。舒航在小说中虽然总在暗示美好在远方，但毕竟我们还有想望的东西和地方。这也许就是他小说给我们最大的心理慰藉。

当今文学虽然已经风光不再，但各种各样的小说作品的出笼却没有减少的迹象，而是呈现出快速繁殖与增长的势头。但让人遗憾的是，有很多小说如繁花过眼，一写出来就已经死了。而有些小说却具有旺盛的生命力。舒航创作出的小说就是后者，总是富有生命地活着。整体地看舒航的小说，读过之后你会久久不能平静和忘怀。而他今后的小说会呈现出什么样的面貌，这是我们更加期待的。

# 女性文化的历史钩沉与现实表达

我和岩壁都属于南阳作家中比较年轻的一茬儿,共同的爱好曾使我们数次谋面。他是那种惜言如金的人,但周身却洋溢着浓厚的书卷气。在读书和文学创作的道路上,岩壁的涉猎范围都比较广泛。他是一个博学多识的人,熟读了不少古今中外的经史典籍,这从他作品的旁征博引和纵横捭阖中很鲜明地体现出来。他又是一个不喜欢重复自己的人,总想通过不同的文体来写出一种新的感觉。因此,他在随笔、小品文、文学评论、小说等不同的文体上,都有不错的实践。他的这些作品,曾结集出版过《读书眼》和《情书指南》两本文集。他的一些散文作品,曾被《散文选刊》、上海《文汇读书周报》选载过。

岩壁在创作初期,从"我"的视角,写了不少有关"我"对周围世界和内心深处敏锐体味和思索的散文作品,仿佛一篇篇自由宣泄的心灵独白,其中闪现着细密的感悟能力和斐然的文采,颇有点郁达夫的遗风。但很快他又搞起了南阳作家作品评论,通过阅读来重新阐发自己对生活和世事的思考。这样似乎还不过瘾,他干脆又写起了小品文,更多地在作品中释放他的智识,这一点又有点像梁实秋、林语堂(只不过现在的确是一个适合闲情的时代),并且岩壁作品中的书卷气要更浓于前辈们。从这一点上说,岩壁的小品文走的是学者化的道路——他的写作中带着深重的研究的目光。在他的小品文中,他把这种目光较为集中地投放到了对女性文化的研究上。他的从书名看有点媚俗的《情书指南》一书,就是他对女性文化的历史钩沉和结构性再现的结晶。

从古到今,从中到外,女性文化源远流长而又惊心动魄。岩壁将他的笔触深入这一丰富的文化宝藏中,从男人的好色、女人的手到高跟鞋、贞节带,从公主、妒妇到过去的爱情规则,从王莽的妇女政策、正史中的艳语到《红楼梦》中的同性恋、希腊神话中的强奸,都一一作了深层次的解读和阐释,试图从多个角度来梳理自古以来女性文化的纷繁复杂。这里面,既有旧制度对女性的戕害,也有贵族阶层女性的飞扬跋扈,既有男人对美色的由衷垂涎,也有流贯历史的红颜祸水的论调,还有爱情与婚恋的风俗与礼节性表达……

岩壁对女性文化的论述,显示着他博学和驳杂的文化知识背景。每当论述一个话题,他都会从古今中外引经据典,让你看得眼花缭乱,而又让你觉得很过瘾、很解气。如在《妒妇论》一文中,他从不妒为妇德之本——《诗经》开卷就有"关关雎鸠,在河之洲。窈窕淑女,君子好逑"——说起,从不同侧面论述了古代女人吃醋的不同心态和举动。袁绍妻刘氏在袁绍死后,不但将他的五个美人全部治死,而且还将她们"髡头墨面"——怕她们到阴间再得到袁绍的宠爱。当丈夫在家里举行宴会时,谢安妻刘夫人便用帷布将歌女隔开,只让男人们听到歌声而不能见到美女的身影。隋文帝的老婆把隋文帝管得服服帖帖,等到他老婆死后,他才敢讨了一些小老婆。唐太宗赏给房玄龄两个艳姬,房玄龄的老婆把她们都弄成秃子……从岩壁的作品中我们可以看出来,他的知识积累绝不是一朝一夕的功夫,需要"坐得板凳十年冷"地刻苦阅读与消化。

岩壁对女性文化的剖析是智性和理性的,他既没有站在男性的立场上贬低女性，也没有因为爱“美色”而一味同情，作品中更多地充满着批判色彩。同是在《妒妇论》一文中，他在举了很多例子说明古代的女人没有去遵守妇德——不妒的同时，也说明了古代的女人不妒是不可能的——一夫多妻制就是产生众多妒妇的社会性根源。在如今一夫一妻制的情况下，有了爱情作基础，男人不贪恋美色，女人不水性杨花，妒妇就会大为减少了吧！希望女性文化能够不断完善和健全，这也许是岩壁写作这些作品的心理动因。

岩壁对女性文化的关注，其实在他后期的评论写作中就开始体现出来。特别是在对南阳作家群中的“三周”——周大新、周同宾、周熠作品进行解析时，他就是从作家作品中呈现出的女性文化，来诠释他们作品的价值所在。如在对周大新作品的评析中，他在大段引用周大新原作中对新婚与闹房、子宫脱出、赘婿、床单上的新红的描写后，又从《礼记》、东汉仲长统的《昌言》、西晋葛洪的《抱朴子·疾谬》及《汉书》《清稗类钞》《左传》《史记》《风俗通》甚至弗洛伊德的《性学三论》中，引出对这些问题的相关说法或故事，来佐证或印证这种女性文化的由来已久或历史渊源。初读这样的评论，我曾有点惊讶，远离对作家作品直观分析的引述，又能给作家和读者多少引导和启迪呢？而我也不难理解，岩壁坚持这样的写作，其实是在对女性文化进行真诚的探寻。

在岩壁不多的小说作品中，我读到了他的《一夜无眠》。在这部中篇小说中，他倾尽了才情，用尽了笔墨，着意摹刻女性的心理变化，揭示了女人刚毅的文化特征。在这篇充满仇恨、报复甚至谋杀的小说中，“我”先是被李红兵和老王所“谋”——被李红兵强奸，从而失去了美好的爱情和理想，后是“我”欲借老斗和小斗之手谋杀李红兵，以泄心头之恨。小说在意识流的写作结构下，把故事情节巧妙地融会在一起，将一个女人有爱有恨的心路历程展现得淋漓尽致。但我疑惑的是，岩壁却没有沿着小说的道路有力地走下去，这真是有点让人遗憾。

突然,我听说岩壁又去大学里读书去了。岩壁远离南阳文坛去专业读书,这会给他提供更加宽阔和强大的文化背景。不论他将来会从事哪种样式的文学写作,学者化的写作倾向都将深深地影响他的一生。

## 内心的倾听与诉说

一个作家的存在环境无非有三个：一个是生存环境，一个是读书环境，一个是写作环境。而前两个环境，是最后一个环境的必要条件。如若没有前两个环境奠基，再没有内心的感悟和独特的思索，一个写作者是绝对写不出优秀的文学作品的，也是成不了优秀的作家的。徐文作为一个博学而又纯粹的写作者，无疑是南阳文坛后起的青年才俊之一。多年来，他用敏感的内心，阅读了古今中外大量的文学作品，这成为他今天从事写作并能够写出优秀作品的基石。良好的文学素养，使他如鱼得水地在文学的园地里以多种形式创造出了不少作品。《失语的河流》《城市的呼喊》《欧罗巴旅馆》等中短篇小说和《尖锐的秋天》《在大地上行走》等系列文化随笔在《莽原》《文苑》《散文诗》《石油文学》《洛神》等报刊发表，证实着他的不懈努力和创作成绩。

在徐文的文学创作中，文化随笔写得深沉而老练。在《尖锐的秋天》《在大地上行走》等系列文化随笔中，他对卡夫卡、博尔赫斯、普鲁斯特等文学家和梵高、高更、塞尚等艺术家的艺术和人生作了独特而深刻的观照和抒写。在简短的篇幅中，他高度精练地概括出了这些作家、艺术家的文艺观念、创作特点和主要作品的精确内涵。他能够准确地写出他们创作的精神高地和灵感源泉，梵高的是法国南部的阿尔；高更的是南太平洋诸岛中的大溪地；塞尚的是古罗马时代的小城艾克斯。甚至在他的描述中，我们能够听到这些作家、艺术家内心的活动和声音。他的文字充满着诗意，渲染着色彩，我们仿佛能够看到这些作家、艺术家当时生活的场景。这里面，融注着徐文与这些大师们心灵的沟通与默契。

这种写作的生成，无疑是徐文长期阅读和倾听大师们文字声音的结果，是徐文天然敏感和超然文学领悟能力的结果。步入他的书房，你就仿佛来到了一个“五脏俱全”的书店，数万册的藏书琳琅满目，古今中外，经史子集，摆满了书架。这些书架上的先贤大师，给了他精神的圣地。说起这些大师，他总是如数家珍。这种阅读的广泛和深入，为他的随笔和其他写作提供了强大的文化背景。略为遗憾的是，他的随笔总是给人化不开的感觉。作为朋友，我希望他能在随笔中写出更多的属于自己的言语和思考。

这种文化背景和知识积累，也为徐文的小说创作提供了丰富的写作参照。小说写作也许更能宣泄他的生活和阅读积累，也更能发挥他的写作潜能。他的小说创作非常明显地受着博尔赫斯、马尔克斯等文学大师的深刻影响。无论是《欧罗巴旅馆》《城市的呼喊》，还是《失语的河流》，都体现着徐文在小说叙事方式上的创新和努力。《欧罗巴旅馆》和《城市的呼喊》反映的都是现实中较为普通的生活。《欧罗巴旅馆》写的是旅馆男工阿铁与风尘女王兰的情感故事。《城市的呼喊》写的是农村青年芒种在城市打工所遭遇的种种。这些故事要说都是一些平常不过的素材，但经过徐文在小说中的全新叙述，却显示出了让人可堪品读和玩味的光芒。《欧罗巴旅馆》这篇小说中，有作者的叙述，有阿铁的回忆和梦境，不同的叙事视角使故事曲折而生动，调动起了读者的阅读欲望。在《城市的呼喊》中，作者用梦境将芒种宁静的乡村和驳杂的城市生活做了鲜明的对比。梦境使徐文的小说变得迷离而神秘,生活抑或梦境有时已很难分辨,生活其实也是梦境。《失语的河流》发表在2003年《莽原》增刊的头题位置,是徐文的第一部中篇小说,也是迄今为止他写得最好的小说。在这部小说中,他通过呀症弦的回忆、地方志的记载和远房叔叔的介绍等叙述视角,讲述了一段时间跨度为20世纪40年代到70年代的南阳的历史文化故事,虚构与真实,虚假与真诚,写得冷静而让你感叹,正如《莽原》主编陈枫在编后语中所说:“作为叙事性小说,徐文显现出了他独特的人文思考与个人的心性观照。这种带有散文叙述的文体,更易融入作者对历史独立的关注,有意消解了意识形态的那段心灵禁锢,作者本人也因为这种超越突破了历史的局限,上升为理性的纯粹。正是这种淡而忧伤的宽容心态,才能使人读出深深的喟叹。”这种熟练驾驭叙述方法的本领,应该是一个作家小说创作成功的基本能力。

当然,一个作家不能将叙述技巧当作小说写作的法宝而过分地讲究叙述技巧,肆意地去肢解生活,否则只能使小说成为一个美丽的花瓶,外观好看,内里却空洞无物。一个真正的作家,应该写出人文理想和终极关怀。在徐文的小说中,就浓重地体现着这种人文关怀。在《欧罗巴旅馆》中,他写出了阿铁在情感上、情欲上的选择及对王兰最终归宿的无奈和叹惋,展现了阿铁善良美好的内心。在《城市的呼喊》中,他写出了芒种这个既正直善良又难以逃脱城市冷眼和陷阱的受损害的人物形象。户主的金手链找不到了,非要对搬运工搜身,干净清白的芒种坚决不让,并流出了屈辱的泪水。在发廊里,五子可以放浪行为,而芒种却对发廊妹幺妹充满同情,并在后来的交往中喜欢上幺妹。当幺妹在芒种被陷害关进审查站后,因经不起诱惑成了一个房地产经理的二奶。当她生下的儿子也被房地产经理抢走时,芒种一时意气,竟然莽撞地抢夺那个孩子,想归还幺妹。芒种最终的命运扣人心弦。《失语的河流》以一个知识分子“我父亲”李大白几十年间命运的变迁为线索,写出了一段文化人的历史悲剧,但我认为更重要的是,在这篇小说中,徐文塑造了一个内心世界丰富的知识分子形象:“我父亲”李大白。李大白执着、固执、正直,但在现实面前,他又不得不放下知识分子的“架子”,充满无奈的机警。在南都中学上学时,字写得不好,他就跑到观星台用半截红土在石板上起劲地练。教国文的李子静老师上伦理课,讲到每到他生日的时候他夫人都要向他磕头时,李大白立即站起来顶撞说:“李先生,现在已经是中华民国时期,我们不能再搞性别歧视了。”在看街头剧《放下你的鞭子》时,他又忍不住上前夺去了剧中人卖艺老汉抽打香姐的鞭子。当他上街买鸡,服务员递给他鸡时高呼了一声“翻身不忘共产党”时,历经磨砺的他赶紧高呼了一声“世代不忘毛主席”。这真是个可笑又可哭的历史怪胎。

由于深受西方现代派的影响,在徐文的小说创作中,充满着灰色人生的基调,阿铁的内心是苍凉的,芒种的内心是茫然的,李大白终于在现实的挤压下郁郁而死。但徐文是冷静的,他既没有热切地虚构乌托邦的虚假超脱,也没有彻底放弃人生的终极追寻。在《失语的河流》的结尾,李大白是早已死去了,但“我”还在执着地追问:“可是父亲,你究竟在哪里呢?”

总之,徐文的文学创造凸显着对文化、历史和人的内心世界的关注与思索,凝聚着作者柔软内心的真情,是一种诗性的创作。关于今后的创作,徐文已有了初步构想,他将以一段历史发生的三个重大事件为线索,创作一部系列长篇小说。目前,他正着手创作第一部,资料收集准备工作已经完成。在南阳这块文学高地上,写历史小说的,既有写清帝系列的大手笔二月河,又有写民间历史小说的快手秦俊。徐文的历史小说将会展现出什么样的面貌呢?我热切地关注和期待着。

# 人世艰难泪涔涔

## ——评王一卿中短篇小说集《龙骨》

在2006年的一次南阳文学论坛聚会上，曾和王一卿有过一面之缘，知道他是《南阳广播电视报》的副总编。他身材魁梧，留着一头短发，显得很是精干。在一边默默听他和别的朋友说话，又能看出他有几分豪爽和超脱。如果让我说对他的第一印象，那就是他的身上透露着一股子又是老板又是文人的儒雅气质。但我却一直不了解他写过什么作品，更不知道他的作品写得如何。及至最近偶然得到了他去年出版的一本小说集《龙骨》，读了第一篇《龙骨》，便忍不住一篇篇细细读去，除了《没有特写的画面》一篇没什么特色之外，其他几篇都在某种程度上吸引和感动着我。我这才知道，过去自以为熟悉南阳作家群的作家作品，却不知道南阳作家群中还有这样一位深藏不露的小说写作的行家，真是有点惭愧。

王一卿的小说，大都以秦岭脚下那个地域的人们的日常生活为背景，精心细致地向我们讲述了一些关于人性、人情的故事。为了解读的方便，我们不妨把他的小说作品称为“秦岭系列小说”。这些作品中所反映的生活，基本上都离我们的现实生活很近，或是揭示了知识分子守护精神家园的坚忍不拔，或是表现了山里人生存的艰辛不易，或是真实地再现了亲人之间血浓于水、不可割裂的亲情关系。阅读他的小说,我们会不由自主地从中吸取到一种在任何困难情况下,都应该坚持活着的信念和精神力量。像《龙骨》中牛汉为了保护龙骨,生活上历尽了千辛万苦,身心受到了致命的摧残,不仅失去了娇妻爱子,而且也由一名风华正茂的革命者变成了失去双腿的残疾人,最后坐成了一堆白骨;《清明节》中合欢因执着地寻找逝去的母亲,领着妹妹百合义无反顾地走进了坟地,结果姐妹二人由此神秘地失踪;《继父》中香妮的继父赵新龙为了几个未成年的孩子,顶住方方面面的压力,孤身一人历尽艰辛抚养他们……这些都深刻地揭示出了秦岭脚下的子民们之所以能够生生不息、世代相传的内在原因。作品中所呈示出的这种坚韧的精神力量,让人不由得从内心深处产生出强烈的震撼。

王一卿的小说中有着一股子鬼气,这种鬼气密布在他的小说中,使他的小说作品有着几许神秘色彩。《龙骨》中的瘸豹子、蛙图腾,《鬼门》中的老蝙蝠、苍生和儿子宝山怪异的梦,《人之初》中的黑狗、黄牛,《清明节》中的猫头鹰、乌鸦、田鼠、黑脑壳,作为一种象征,给他的小说涂抹上了一层阴郁深沉的底色。不仅如此,在他的小说的表述上,还充满着血腥的味道。《龙骨》中,在周大山的逼迫下,“牛汉用力把自己的舌头嚼掉,吐在手掌上,欣赏地看着发颤的灰舌苔……他在手心捧了许久,然后扔进月夜”。《鬼门》中,当宝山的父亲苍生被从山上滚下的木头砸死时,作者写道:“宝山看着父亲腾空的尸首,从上面追赶下来。鬼门下伐木人的歇脚坪上,血淋淋的孤头停在干草上。”《清明节》中,当合欢和妹妹百合撵母亲的影子撵到一片坟地时,作者又写道:“这里有很多田鼠在出没,坟墓边打了好多洞,田鼠钻进坟墓里扒着人骨头。”这种阴森而又冷静的描写,不由得让人为作品中人物的命运而揪心和感叹。鬼气和血气的渗透交融,使王一卿的小说从更深层次上揭示了人物生存的艰难,也使他的小说从骨子里透着几许深沉和凝重。

王一卿的小说还从人物的内心深处展现了人与人之间复杂、真挚的情感。《龙骨》中，牛汉与雅洁的爱情应该说是真挚的，即使在雅洁背叛了牛汉之后，她的内心对牛汉还是充满着无尽的爱怜，但现实的强硬，毫不留情地摧折了他们的情感之桅。《清明节》中，合欢和百合两个孩子想尽办法，对逝去的母亲的影子进行追寻，或是卖掉心爱的钢笔买来火纸为母亲上坟，或是在清明节庙会上心急火燎地寻找母亲的魂魄。《继父》中，赵新龙在妻子死后，执意留下来，和几个孩子相依为命，倾尽心力地抚养和照顾他们，特别是他和妻子与前任丈夫的大女儿香妮之间相互体贴的父女亲情，被作家写得细致入微。读过这些作品，会让你不由得掬洒出一捧滚烫的热泪。王一卿以他小说中的情感力量，最终赢得了读者心灵的共鸣。

从王一卿的小说作品中，你很难看到做作的地方。无论是他的写作技法也好，还是他在作品中对情感的着意表达也好，还是他在作品中对人世艰难的描绘也好，他总是能够将这些方面的因素有机地调和在一块儿，构成他小说文本的根茎和叶脉。

如今能够感动人的小说作品已经不多见了，读读王一卿的小说，我们会从内心深处回归到人类的本初。王一卿的泪水流淌在他的小说和他的人物命运上，而读者的泪水流淌在阅读后的心灵感动中。我们还会流泪，说明我们的内心还充满着善良。

2007 年 3 月 31 日

# 从生活细节到孤独灵魂的诗性提升

## ——女诗人一地雪印象

偷一片狭小的空间,/再捉一把微弱的光,悄悄种植/一株野草的孤魂。

——选自一地雪的诗《种植一株野草的孤魂》

多年不看诗,特别是现代诗,源于对诗歌失去了最初的阅读兴趣。重新阅读和审视现代诗歌,不能说与一地雪没有直接的关联。在现实生活中,我和这位网名一地雪、本名秦岭的女诗人同在一座小城居住了10年,却一直不知道有这样一位底蕴丰厚的诗人在这座偏僻的小城里默默地生存和写诗。因为搞评论的缘故,南阳的大多数作家及其创作情况我都是比较了解或者熟悉的。及至2004年我在南阳短暂地工作和生活,南阳《躬耕》杂志的几位编辑向我推荐,我才知道我们方城这个文化氛围并不十分浓郁的地方还有这样一位才情纵横的女诗人。惊讶之余,才开始从一地雪的博客上,从各大诗歌论坛上阅读她大量的诗作。从读一地雪的诗,到认识一地雪其人,我对中国未来现代诗歌的发展和走向又恢复和充满了信心。从南阳盆地的上空升腾,在网络上短时间内窜红,一地雪在中国诗坛的异军突起,确实有点"黑马”的味道。短短的两年多时间,她已在《诗刊》《绿风》《大河诗刊》《躬耕》《东京文学》等报刊和大河风论坛、诗生活论坛、诗歌报论坛、诗选刊论坛等国内的著名诗歌网站上发表诗歌 300 多首,并以其独特的诗风引起国内诗歌界的广泛关注。2005 年春天,河南省作协副主席王钢曾以《网上“蚂蚁”在飞翔》为题,专门在《河南日报》撰文对一地雪及其诗作进行推介。

一地雪出生在南阳盆地东北边缘一个名叫方城的小城的雪天。雪,作为一种化解不开的情结和意象,一直飘扬在她的生命里,后来又飘扬在她的笔名和诗歌里。一地雪深受曾是晚清翰林的姥爷和读过私塾的父亲的影响,从小就喜爱读书,喜爱文学,小学到中学时作文写得都很好。然而命运却和她开了一个很大的玩笑,她最后考上的却是财校,毕业后参加工作,整天搞的又是财务分析、跑贷款,后来又在方城考上了首批会计师,平时连文学杂志都没有接触过,怎么想来也不会和文学沾边。可机遇总是钟情那些内心凝聚深厚情结的人。当生活中的秦岭在自己长期工作过的工厂破产的艰难情况下,又通过自己的会计专业才能,在方城网通公司谋到了一份职业。这份职业不仅使她拥有了一份养活自己的工资,更重要的是在这里拥有了上网的条件,工作之余,网络上大量的文学作品给她提供了重温久违了的文学旧梦的良机。从 2002 年开始,她以“一地雪”的网名在“榕树下”“且听风吟”等网站上发表散文、小说,2004 年开始写诗。没想到一写诗便一发而不可收,她的诗歌迅速引起了网友、诗友的好评和赞叹,继之,一些选本和报刊也开始陆续收录或发表她的诗歌。《感动大学生的一百首诗》《当代微型作品选萃》《盛夏的果实》等选本先后选发了她的诗歌。南阳的《躬耕》杂志在 2004 年第 5 期上以“秦岭的诗”为题,一次就选发了她 20 首诗,其后又多次发表她的诗歌。当代中国最具权威的诗歌刊物《诗刊》也给予了她极大的青睐,2005 年 3 月份的《诗刊》(上半期)发表了她的《雨点》和《哑巴哥哥》两首诗;同年 12 月份的《诗刊》青春诗会，入围作品中就有她的诗歌《趁我……》；2006 年 3 月份、4 月份的《诗刊》，又接连选发了她的组诗《挨着最爱我的那个人》《那片樱桃树》等。中国诗歌的西北重镇《绿风》，在 2006 年第 3 期也发表了她的诗歌《畅想》和《这是一条暗河》。一路走来，一地雪的诗歌用它那鲜艳的嫩绿，濡染着中国诗歌的大地。

进入一地雪的诗歌世界，我不禁为她用诗歌为我们营造的文学天地所诱惑。然而纵观她的大多数诗歌所观照的题材，也都无非是生活中惯常习见的事物和感受。但这些普通的事物和感受，都通过她内心的过滤，在她的诗歌中得到了不同凡响的诗性的提升。这座小城的电视路、文化路、豫 01 线等延伸和供人行走的道路，陈胜、张骞、张释之、湖阳公主等与方城有关的历史人物，以及方城非常有名的小吃方城烩面，都能成为她的诗歌创作题材，浑然天成地化入她的诗歌。所以我不得不说，诗人一地雪有了这座小城是幸福的，她有了不竭的写作源泉；这座小城有了诗人一地雪是幸运的，一地雪的诗歌给这座小城增添了多少的诗意和文化内涵。她在《未名小城》中写人们吃烩面的诗句至今让我不能忘怀：“一碗面吃长了午后的细汗。风也不动。”多么真实多么生活化的描写，把人们吃烩面的热情写得生动和酣畅淋漓。在《豫 01 线》中，她动情地写道：“雨后，暮色，苍白统统是一个虚词/而不变的是伟大的公路，直抵/但丁的神曲。”至爱的亲人、一个人的背影、一支哀乐、无法挽留的光阴、天空、风、雨、落叶、孤雁、小鸟的鸣叫、一只蚂蚁、一粒葵花子、一把桃木梳子、一片樱桃树甚至诗人一刹那的感受，都能在她的诗歌中得到诗意的体现。从这些日常的事物和细微的触角中，诗人一地雪的诗歌从多个层面为我们展示着她的诗歌的魅力。

作为一个生活中的小人物，一地雪往往觉得自己像芸芸众生中的一只小小的蚂蚁，现实的种种压迫使她只能像蚂蚁一样卑微地生存，而诗歌给予了她能够像一只蚂蚁一样“尖叫”的可能。这种“尖叫”虽然纤细、微弱，但往往又像锐利的刀锋，切开了不为人注意的生活和心灵的一角。当然，这些诗歌中自然也深深地灌注着她个人的生活阅历和心灵磨砺，只不过当这些诗歌经过她的心灵观照后，又具有了对生活和心灵普遍性揭示的意义。她在她的成名作也是代表作的组诗《一只蚂蚁的尖叫》中，对自己的生活状态和亲人们的情感有着透彻的表达。从活命的艰难、婚姻的宿命、唯一的牵挂到远在天堂的母亲、病中的父亲，再到纠缠不清的兄妹血缘，读之无不让人揪心地疼痛。在《活命》中，她沉重地写道："二十年。喧嚣如尘土/谁能看清，阿拉伯数字在我笔尖上跳跃/的花容月貌。/谁又能听清/算盘珠上我奔命的尖叫。"生活的艰难，其实就像是诗人在现实中的算盘珠上奔命的尖叫一样，但这种奔命又有谁看到，这种尖叫又有谁听到？在《婚姻》中，诗人无奈地写道："一根不明真相的红绸，拴着了/我们的宿命。十七年/我把你从床心，挤到了床边/不小心，我还是掉了床/可你却鼾声如雷。"麻木的婚姻的延续，因了一根红绸的牵连，而成了一世剪不断的联系，一张床成了爱情的最后归宿。在《唯一》中，诗人动情而又感叹地对儿子写道："你是我贴心的棉袄。哦/儿子，你把我拴在了/活着的大树上，你用干净的手指牵引着我/笑看风雨/我生出了你，你生出了/我永不自杀的念头。"临到岁月日渐苍老的时候，一个女人的最终活着，根本的牵挂只能是自己生出的血脉相连的儿子。此外像《不了》中父母中的一半——父亲的活着是为了给自己送嫁，《纠缠》中的血缘兄妹终将成粥等等的抒写，都将生活中的情感作了具象化的诗意处理，让人可感、可伤、可叹而可泣！

作为一个具有柔软内心的女人，一地雪的诗歌又有着内在的撼人心魄的情感力量，但这些情感的显现不是故作矫情的呼喊，而是发自内心的真实声音和诗性呈现。对异母同父的哑巴哥哥、至爱的丈夫等的日常生活中的细微情节的呈现，成为她诗歌中最动人的篇章。在《哑巴哥哥》中，她满怀深情地写道："想起哑巴哥哥/一件黑色的小袄/怀里摸出一粒陈年的糖/指指我的嘴巴/哑巴哥哥对着别人指我/指他的心口/哑巴哥哥唱着歌/歌词说我是他的妹妹/哑巴哥哥不说话。"哑巴哥哥不会说话，但他却用一颗天真无邪的心灵无声地关爱着妹妹，一粒陈年的糖，一支从心中发出的歌，就是最真挚的表达啊！这首诗歌虽短，也没有什么华丽的辞藻，但却朴实、感人。不少人读了这首诗，都不由自主地掉下了热泪。在生活中，一地雪与青梅竹马的丈夫一直相濡以沫、夫妻恩爱，这也是她能够安心、舒心写作的根本条件。在《积习》中，她把对丈夫真挚的爱写得深沉而清晰："但我闭着眼睛就能摸索到/你的鼻尖，你凸起的额头，你扎手/的胡须，你石头似的骨骼……/像我熟悉的手心纹路。"对至爱的爱以至成为积习，还有什么样的表达能够比这更强烈的呢？

当然，作为一个诗人，一地雪又总想从对原生的生活和自己的情绪呈现中发现、体悟出一些东西，这种自觉或不自觉的悟性呈现，使她的诗歌给予了读者更大的回味和思考的空间。而她的这些发现和体悟往往又是人们所熟识无睹和意料之外的。一个人到中年的女人，青春和美丽的容貌不再，对时间的恐惧不由自主地在内心涌动。在组诗《致春天的疼痛》中的《病》一诗中，她想"赖在时光的马背上不下来"，一味地"想把光阴往后推，一直推"。然而时光不再的遗憾，只能成为一声叹息，倒不如以平静的心态对待。因而，在《花落花开》中，诗人在一粒葵花子中，又寓含着她对时间流逝的悠闲抑或释然："就在那一天，我转过身，/你的声音开始苍老。/像我坐在凉台上，就着夕阳/剥一粒又一粒的葵花子。"对世风日下的现实的种种，诗人在她的诗中也有着真切的期待。在《死亡》中，她希望通过一支送葬的哀乐，唤回世间儿女们的孝心："那是一支老掉牙的戏曲/像老掉牙的死者，哀婉，流畅/又略微喜庆。唢呐震天动地穿越几道院子/呐喊着儿孙的孝心。"对一把梳子的感触，诗人又写出了几多的阔大。在《一把梳子》中，她用那把自己喜爱的桃木梳子，不仅"梳理闲愁，梳理偏头疼，梳理不着边际的/相思苦”,而且还“梳理一百里的风,一百里的雨,一百里/的落叶和孤雁”。在这首诗的结尾,诗人又写出了几多的佛性和超然:“三千里桃园难寻,也没有/解脱完的苦难/回头是岸,桃木为伴。”

一地雪的诗歌我虽然读了不少日子,但到现在还没有读完,以上所谈虽然是管中窥豹,但我认为也足以说明问题。对一地雪诗歌的喜欢不仅仅因为我们是老乡,更重要的还在于她的诗作本身。同时,通过她的诗作这一媒介,在生活中我们也成了很好的朋友。生活中的一地雪很健谈,对诗歌有种发自内心的母性的偎依。她的性格也非常豪爽,和文朋诗友相聚,总是很有心情地喝酒。不过,她喝的可大都是啤酒。我在我新近写的一首拙诗《几个诗人在小酒馆里喝酒》中写道:“女诗人喝黄色的啤酒/类似于李清照婉约的《声声慢》。”那个女诗人,就是我们这位把诗歌写得清丽、凄婉、纤细、尖锐、深刻的一地雪。

2006年5月15、16日

# 用平静的心追求艺术的佳境

## ——高春林文学创作印象

知道高春林是去年春天的事情。认识文友一地雪后,她告诉我,有时间上大河风网站上转转,也许会有所收获。这时,我才知道高春林是大河风网站的站长,是一位小有名气的诗人,而他的社会身份是平顶山一个县的财政局公务员(据说是领导)。当时我是很难将一位诗人与这样的身份联系在一起的,因为我总是想,一个终日和钱打交道的政府官员,哪里还会有这份闲情逸致去关注诗歌和内心的事情呢?虽然到目前为止我仍然没有见过高春林,但我从他的“林间小分贝”和“说是又非”两个博客上阅读了他大量的诗歌和散文作品,从他的作品中,我反复看到的都是一个内心安然平静的文人形象。在网络上和《河南省五位青年诗人研讨会诗歌精选》一书中,我也看到过他的几张照片,他大约40岁的样子,不论是在绵绵的细雨中,还是在风景如画的山上,还是坐在大片碎石中的一块上,都是显得那样地沉静,那样地不事张扬。他的为文与为人,在我的初步印象里就这样达到了高度的统一。

高春林的创作基本上以诗歌和散文为主。在这两种体裁的创作中,他把自己对自然和艺术的感悟,通过内心平静、冷静的思考和诗意的表述,形成了他自己独特的艺术风格和创作风貌。可以说,“静”几乎成为他所有作品中一脉相承的一种“气”。在这个浮躁的人世和文坛上,他能够始终以这种“静”作为做人和作文的基调和底色,确实显得难能可贵。我们也可以想见,一个心气浮躁的人,哪里还能够沉浸于文学的迷茫之中,哪里能够用平静的心境去思索和描写自然和内心的些许颤动呢?

关于这种“静”的创作思考,在高春林的一篇叫《宁静草色》的散文中有着精细的表述,我们也不妨把它看作是他创作观念的夫子自道。在这篇文章中,他深有感触地说:“艺术是需要不安分的。这个‘不安分’需要的是艺术家的手指、感觉意识,不安分的是艺术的才华。而宁静的是胸襟,是从容不迫的状态,是艺术的终止关怀。”“当你在创作中,你的语言是沸腾的,而你的神态绝对是宁静的。”为什么要在一篇散文中阐述自己的创作观念,我总认为是他的不由自主。因为作为这篇文章来讲,他是在写“草色”,而不是在“创作谈”。也许是他在写这篇散文的时候,从那些无边宁静的草坪中,无意中发现了自己多年来能够持续写作并能够写出一些优秀作品的秘密,于是随手拈来,使这平常的“草色”增添了不少“文气”。当然,他在这篇不甚起眼的小文中对文学的思考,却为我解读他的作品找到了一把金钥匙。

就像高春林所说,艺术是不安的。按照我的理解,一个作家、一个艺术家必须得具备对世界的敏锐的感知能力,一个心如死灰的人,一个对世界无动于衷的人,一个对一花一草视而不见的人,他也就不可能成为作家或艺术家。关键在于,作为作家或艺术家,在内心的激荡和翻腾之后,往往又得以平静的心态写出或描画出自己对世界的感知和思考。对高春林来说,他的创作中几乎没有什么宏大的主题,他的艺术触角总是在自己热爱的故乡风物和内心的起伏中徘徊。

故乡和故乡的事物,作为一种客观存在,一直是古往今来的文人们反复歌咏而且能够不断翻出新意的精神家园。作为一个从农村走出来的写作者,高春林的家园意识也深深地扎根在他的内心深处。他对故乡的小镇、村庄、一条路、一条河,甚至一草一木一花,都充满了深厚的感情。那些故乡的细小的景物,往往都能被他细微的触角捕捉到,并以他诗性的眼光予以濡染。他对故乡的描写,有时是以静写静,展现给我们的是纯粹的自然状态的平静。“平静的是白龟山水库和平顶山。一个在南边清澈,一个在北边安详。”(《平顶山》)“我不想再说那些事,消失的事物会变得/清晰,像现在,一场大雪后我的记忆。”(《在安良,被雪光短暂收留》)“小酒馆、喝彩、曾经的问候语,/都和质朴有关,和我的归宿感有关,/在这里,我拥有明净的瞬间。”(《郏神路》)“天黑之前,这片水域/没有撩人的鬼魅。树木也相安无事。”(《湛河》)《高楼村》一诗中,他从东风桥写起,一口气写了故乡的路、房屋、泡桐、黄鹂、乌鸦、水库、打铁铺、红石山、菊花等诸多的静物,每个静物中都饱含着他对故乡深深的依恋。高春林对故乡的展现有时又是多视角、多手法的,动中写静,以动托静,动静结合,也是他常用的写作技巧。“光线从门缝钻进来,像一条引诱的蛇/光线拽她出去时门声震耳”“铺在地上的小黄花一阵颤动/而远处,传来流水的声音/水上肯定有一只波动的小船”(《油菜地》)“环形的山,像椅子,一个镇子坐进去。”(《小说安良》)但不管是对故乡景物的静态呈现,还是动态描写,都传达出了高春林对故乡的宁静的爱抚。他的这种如画家一样的白描功夫,已经达到了相当高的水平。再加上语言要比画面更容易道出心中的所思所想,故乡在他的笔下也就更多地带着他个人化的色彩。

高春林的故乡是一个文化底蕴深厚的地方。作为苏轼坟墓的所在地,一切和这位宋代大文学家有关的事物,都成为高春林这位文人化解不开的抒写情结。他曾常常到苏坟寺流连沉思,而久久不愿离去。苏轼的塑像、苏坟寺的思乡柏、苏坟寺的雨、苏坟寺的青砖、苏坟寺的灰瓦、苏坟寺的青竹、东坡湖,甚至苏坟寺的每个细小情节,都能成为高春林抒发幽古之思和宁静情怀的载体和依托，都会被他沾染上浓浓的文化气息。苏坟寺，成为一个后世文人安放心灵最合适不过的场所。有了苏坟寺，孤独的高春林顿时有了古代文人的几许超然和超脱；有了高春林在苏坟寺轻声的脚步、沉思的目光和心灵的呢喃，苏老夫子在地下定会拈茎微笑的。在《灰瓦的明澈》一文中，他写道："而在这寺院，在这雨声中，我看见那些灰瓦上一棵棵的草，在风中摇动，有一种自在的瘦。"作为文人，瘦的是他们的肉体和外在形象，而清静、清爽、坦然、自由的是他们飘逸不俗的思想和精神。

高春林创作中的这种"静"，除了与自然事物的对视和内化之外，有时又会从外在的世界返回到他更深的内心。他的生存状态是静的，"我在平静中活着，从来不曾惊慌/失措，从来没有想到好时光其实不多。/在某个清晨，没准儿，会忽然抵达墓地，/或倒在雨泊中，无为地震颤。"(《好时光》)"疼痛是骤然的，像黑暗，没入了身体。"(《病中的一天》)"听木鱼声，我闭上眼睛/闭上昨夜的暮色，把秘密说给内心"(《南普陀寺的诵经声》)这种对内心的静的追求，使他更愿意把内心的秘密封闭在自我的世界之中。

但在高春林对内心的呈示中，我们不但能看到他的平静和安然，也能看到他的不安、躁动和迷茫，正与他的上述诗文相悖，也许这就体现了一个作家的复杂性和多面性吧。在《小旅馆》一诗中，他会犹豫不定地向自己或他人叩问："世界真的没有一种静？"在《迷路》一诗中，他又有几分迷茫："她说：我去了。但去哪/她茫然不知。"在他的眼中，世界有时又是冷色调的："雨下着，夹着雪。灰。冷。好像终结一场战争，两个人的。/可信度彼此降为零。"(《伤害》)这种内心对世界的迷惘甚至不信任，又造成了他内心的激烈动荡和狂躁。"窗外的风又大了些，但没有大到/尖叫。影子在深夜里游荡、隐藏，/我转了转身，影子呢？进了/身体？但身体也如此空茫。"(《影子》)"我烦/我的脾性越来越坏。"(《呼唤》)在俗世中生活，绝对的内心平静是难以让人信服的。高春林这种短暂的内心失意和烦躁,应该是真实的,因为他不是超人。这一方面真实地反映了他在面对嘈杂物质生活时的无奈,另一方面也体现了他在追求艺术和内心平静时艰辛斗争的心理历程。

高春林这些林林总总的作品中,说句真心话,我最看好的是他对马蒂斯、蒙克、马奈、塞尚、高更、莫迪利阿尼等艺术家及其作品解读的那些随笔。在这些作品中,高春林把一个文人对世界上大师级的艺术家及其作品的感知和阐释,表述得深刻、精细而平静。这些感悟,只有那些具有深厚文化底蕴和对艺术有独到思维的人,才会从内心当中汩汩流淌而出,才能与前贤互通声气,才能与艺术的精灵共舞。从此种角度上讲,艺术中的高春林与俗世中的高春林是截然不同的,而他最终的归宿也只能是永恒的艺术。

知道高春林一年来,我和他只在网络上联系过,他还邀请我做他主办的大河风网站“大河随笔”栏目的版主,但至今我也没有和他见过一面。然而这些都不重要,南阳与平顶山紧密相连,几百里路程的遥望,我依然能清晰地看到一个文人真切的文学艺术追求。一个“静”字,也许是高春林穷其一生所要企及的文学目的地。为人的静与作品中透出的静,也许就是老子所说的“大象无形,大音希声”。对一个为官者来讲,“宁静致远”是智者的深谋远虑;而对一个作家来讲,拥有内心的平静才会写出浑然天成、静然独立的精品佳作。

2007年4月2日

# 写出来的是生活

——春子的创作

春子在他的一篇散文里说："写出来的是故事，写不出来的是生活。"(《写出来的是故事》，《南阳日报》1996 年 4 月 12 日)繁杂、曲折、丰富的生活是难以穷尽的，但春子的创作写出了生活的情韵和底蕴。读他的作品，总能感到温热的生活之流在清新秀丽、如诗如歌、韵味悠长的文字中涌动，总使人眼热鼻酸地感受、体悟到生活、人生的艰辛不易和相互扶助的温暖如春。

春子应该是南阳作家群中的后起之秀。张书恒等在一篇论文中说："军旅作家周大新因生于南阳，作品素材大多取材于南阳、作品语言接近于南阳，被人们自然地列在'南阳作家群'中。"(《把最好的精神食粮奉献给人民——对"南阳作家群"成因与文化特征的理论思考》，《南阳日报》1996 年 12 月 27 日)。春子虽然从南阳盆地袁店河畔那个叫呼沱的小村游到了黄河以北的一个学院工作、生活、写作，但像周大新一样，他的创作视角始终在南阳盆地的如烟往事、风俗民情之中游弋、扫描、寻觅和挖掘，"用他朴素的笔和诚灵的汗水，歌唱故乡的青山白水，赞颂南阳盆地的父老乡亲，描述家乡袁店河畔的故事"(何雅璞的《遥望春子》，《南阳画报》1994 年 11 月 14 日)，迄今已在

《中国青年报》《小说月刊》《青春》《河南日报》《教育时报》《东京文学》《南阳日报》等报刊上发表各类文学作品20多万字，这都是他对南阳盆地——他曾经生活、十分熟悉亲近的那一方水土的摹写和呈现，其中也蕴含着他对故乡人事情景的深切依恋和眷念。因此，把春子作为一个南阳作家来研究和评述，我想不会有什么不恰切的地方吧？春子是创作的多面手，诗歌、散文、小说三管齐下。在本文中，我主要就他的散文和小说创作作点叙说。

春子的散文写得很淡、很散，信手拈来，随意点染，但有味、有韵，本色本质，颇耐咀嚼。故乡那些平常的物事，总能在他的笔下鲜活，显出生命，透出灵性。因了水妹子的出嫁，对故乡普通的蚂蚱的回想，便沾染着浓浓的情丝；因了和水妹子一块儿河边放羊，河边的庄稼、植物便充满了亮丽生动的色彩（《蚂蚱的故事》，《南阳日报》1997年8月2日）；父亲到学校看“我”，留给“我”了三个和着玉米面蒸熟的榆钱儿馍，还有几颗青青的蒜苗——父亲没有吃饭，这是他回去路上要吃的干粮，这使“我”感动得真想找个没人的地方好好大哭一场（《榆钱儿馍》，《教育时报》1997年8月2日）；青草——在“我”的眼中就是一页页连环画，同伴王军坐在老柳树下的水里美美地泡着，“我”却顾不上洗澡，在热烫的阳光下，匆匆忙忙地割草，一捆青草能换来看同伴王军一册连环画《铁道游击队》的权利（《想起割草的夏天》，《人民政协报》1997年8月16日）……故乡的亲人朋友，在他的文字里，总是演绎为纯真的想往和忆念，母亲、父亲、弟弟、水妹子、秀姐、梁老师，还有那个自己曾经爱得死去活来天昏地暗却无缘走到一块儿的女孩……母亲是春子散文创作的主题之一：夏天割麦的时候，“我”会想起母亲，想起母亲在麦田里弯腰挥镰唰唰地割麦，想起母亲给“我们”烧的解渴又败火的柳叶茶，想起“我们”背上搭着的母亲用清凉的井水湿过的毛巾，想起母亲给“我们”准备的丰盛的饭菜——厚厚一大摞油煎饼，实实一碗咸鸡蛋，嫩嫩一把洗净的大葱……（《遥望麦地　遥望母亲》，《教育时报》1996年6月15日）秋天的时候，母亲戴着一顶草帽，一遍遍地检阅管着一年花销的庄稼，苞谷、黄豆、花生、绿豆、芝麻……那顶黄里泛白的草帽，在“我”眼里，成为此时母亲头上最美丽的花朵（《秋天，最迟开的一朵花》，《河南教育》1998年第1期）……就这样，春子的散文用真情实感，诱引、感动着读者的心……

可以说，真情实感是春子散文的生命和基调，但为了追求作品的厚度，在一些散文中，春子在诗意的描写、叙说中，还挖掘着生活的意义和人生的哲理。《拿起筷子吃饭》（《南阳日报》1997年3月8日）中作者写了出走盆地的艰难后说：“生活是折磨，也是馈赠。”《月色如玉》（《教育时报》1998年4月4日）中他写道：“欢乐和痛苦是手拉手的兄弟，紧紧地跟着我们的脚步。”在《天黑以前赶回家》（《职教论坛》1997年第1期）里，作者在描写了在父亲带领下，拒绝各种诱惑，穿越茫茫风雪，终于在天黑以前赶回家的故事后，由衷地感叹道：“人生来就是在赶一场路，赶路的过程中需要盯着目标前行，切莫被各种各样的安逸所迷惑，切莫被各种各样的艰辛所吓倒。即便脚步有松懈的时候，怎么也不能让出发的心搁浅。否则，任何片刻的放纵，可能会使你抱悔所错过的那点温馨的桔黄——那是成功的光泽呀！”但情与理在散文中应有机交融在一起，不能太生硬，否则便会缺乏美感。春子这类散文大多还是注意到了这一点。

春子在经营散文的同时，他的小说也渐渐呈现出成熟的气象——其实，他的许多篇散文也带着小说的笔法和意味。他的中篇《谁说也不信》和短篇《瞎奶》《你那长长的麻花辫》《白惑》《丫环》等构筑着他的“小河流出的传说”系列乡土小说。他的小说总是在细腻生动熟稔的描写中呈现着生活和人生的悲剧意味。《瞎奶》（《躬耕》1990年第6期）是他小说的发轫之作，也是较为成功的一篇小说。春子本人也较为满意。小说粗看写的是一个爱情悲剧，实则是个人生的悲剧，对人性也作了一定程度的剖析。瞎奶爱瞎爷，但瞎爷却有个青梅竹马的心上人娟儿，为了得到瞎爷，瞎奶弄瞎了瞎爷的双眼，但在地做了连理枝，在天却没做成比翼鸟，死后的瞎奶却没等来和死后的瞎爷睡在一块儿……我有点疑惑，当时年仅 18 岁的春子怎么能把这个故事写得那么真切、缠绵、悲凄、老到，写出了人生的诸般况味，并感人肺腑?!《你那长长的麻花辫》(《热风》1994 年第 12 期)作为一篇小说来说并没有什么特别的故事情节，只不过讲述了一个平常得再平常不过的故事——水妹子为了救换妮被河水淹死了，但小说却写得很美，作者用精细的文笔描述了袁店河的秀美风光和田野的浓郁芬芳，还有长着长长麻花辫、充满少女青春气息的水妹子……这篇小说很有点孙犁《荷花淀》的味道。《丫环》(《东京文学》1997 年第 4 期)是春子较为成熟的一个短篇小说。作者成功地驾驭住了这个较长的短篇小说(将近 2 万字)，在作品中塑造了几个鲜明的人物形象：丫环看似傻实则精明，但她为复仇而不惜毁灭自己则令人扼腕叹息(虽然她是不得已而为之)，板爷看似温善正派实则是个双手沾满了人血的杀人恶魔，结巴叔看似愚笨实则机智忠勇，四爷、五爷、沙鳖、王强等也具有复杂的性格。此外，小说故事结构大开大合、收束自然，情节曲折，扣人心弦；小说语言具有浓郁的南阳地域特色，如地名、戏词等，这无形中增强着作品的真实性和可读性。但故事结构拉得太庞大，中篇或长篇的料，却被写成了短篇，没能展开来精细描写，只能概述式地叙说。这似乎是这篇小说应该注意的方面。

春子的创作是积极的，总是用文字鼓舞着人们生存、生活的勇气和信心，虽然他的作品总是叙写着人生、生活的艰难和不幸。同时，他又说："在这都写闲文的时代，靠的是语言取胜。"(春子 1995 年元旦给笔者的信)因此，他又是非常注重作品语言的操作运用的，他写的诗就可以看作是为散文、小说打基础的初衷。他的作品总是充满着诗意，哪怕是对苦难的描述，也总是被诗意的语言笼罩着。"云悠悠地在天上飘，水悠悠地在河中流，水妹子梳头的时候，满河都是香草味，一只翠鸟儿在苇梢头落着，清脆地叫一声，扑地飞上天……”（《你那长长的麻花辫》）“想家的时候，我便铺开洁白的信笺，任柳梢鹅黄般的思念反反复复涌流，薄薄的家书便幻化成一只诗鸟，扑扑闪闪地飞回故乡那棵老槐树上，咏唱一树粉腾腾的歌，凝视故乡那并不美丽的美丽。”（《如史如诗》，《南阳师专报》1994 年 5 月 15 日）……不用再举例，像这样的句子在他的作品中不胜枚举。

春子，你就是那只诗鸟，希望你在故乡生活的田野上寻觅到更多的“谷物”，在文学的天空里越飞越高。我在故乡遥望着你，遥望着湛蓝的天空……

2000 年 5 月 16 日

# 河流即故乡

## ——评赵长春小说集《我的袁店河》

我相信，无论我们离开故乡有多远，在我们的内心和生命深处，总是有一条河在流淌。这条与我们的一生剪不断、理还乱的河流，即是我们的故乡。

赵长春就有这样一条河流，这条河名叫袁店河，袁店河就是他的故乡。当长春用坎坷而坚实的步履，从南阳盆地辗转到牧野大地，他的个体身份和赖以生存的地域无不发生了根本性的变化，而唯一不变的就是故乡的袁店河自始至终在他的生命和文字中流淌，在他的小说中流淌。源于对故乡这条河流的情有独钟，他情不自禁地将他的第一本文集，也是小说集，干脆命名为沾染着极具个人色彩、颇有点唯我独有的《我的袁店河》（大众文艺出版社，2012 年 10 月版）。从地理的概念上讲，袁店河是袁店河人的袁店河，但从文学的意义上说，袁店河就是长春的袁店河了。长春是幸运的，因为他有袁店河作为文学创作的源泉和基地；袁店河是幸运的，因为它有长春为之抒写和作传，它在长春的小说中生动和鲜活，也将流淌、流传得更久远。因为他的小说无不以袁店河为文化背景，我便把他的小说归结为“袁店河系列小说”。

在《我的袁店河》的后记《在新乡抒写故乡》一文中，长春动情地写道:“袁店河,南阳地区地图上都不会出现的一条河流,却在我心里流淌得肆意汪洋,每一朵花都可以演绎成美好的故事或者美好的传说。”对于长春的夫子自道,我颇有点不以为然,因为读完他的小说作品,我固然能够从中读出袁店河自然风物的优美醇厚、一些人物精神品质的清洁高贵,但我更多地读出的是袁店河那些小人物的生存、生活的艰难、悲伤甚至悲壮。从此种意义上来讲,我倒更赞同著名作家田中禾在《重构心中的家园——读〈我的袁店河〉》一文中的观点:“‘袁店河’不再是一个真实的乡土,它是作者的精神寄托。我们从他的文字里读到的人和事,与真实的历史相去日远,它们是作者的意趣重构出的形象。”

长春的小说所关注与聚焦的人物都是袁店河畔的小人物。他凭借着对袁店河生活的熟悉和描述生活的扎实能力,写尽了那些三教九流、各色人等的乡村小人物真实的悲欢爱恨、生死歌哭,也写出了一段段原生态的乡村历史和乡村小人物的生存史。这些乡村小人物因为其蚂蚁般的卑微,在他的小说中大多没有真实姓名,只不过是一些符号而已,像瞎奶、你瞅瞅、四芽儿、石磙、赵三白、五指、丫环等。这些小人物在他的小说中无不鲜活生动,呼之欲出。他写三教九流中最末流的“戏子”,民间流传有“婊子无情、戏子无义”的说法,但他笔下的“戏子”不仅有情有意,闪现着人性的光芒,甚至还葆有民族的气节和大义,如瞎奶、丫环。《瞎奶》中的瞎奶深爱了瞎爷一生,为了留住瞎爷她不惜弄瞎了瞎爷的眼睛;戏如人生尽忠义,瞎奶还和瞎爷一起向抗日军队捐款助战。《丫环》中的丫环对幼小的“我”呵护备至,但“我”对她与板爷的“私情”却极为蔑视,孰不知“傻”丫环与板爷的逢场作戏不过是为了接近板爷,使其放松戒备,伺机奋起一击,杀死板爷这个集国仇家恨于一身的汉奸卖国贼。他写民间身怀绝技的高手,如《三绝》中做墨的张四、画画的王五、刻印的赵六,《绝配》中拉大弦的沙二宝、唱旦角的袁小姣,《李先儿》中医术精湛的李先儿,《沙宝钗》中擅炒栗子的胡子,《棋王》中的下棋高手得江和得河两兄弟,等等。这些乡村高人各有所长,并且每个人的绝技都发挥到了极致。更重要的是,通过对这些各怀绝技的民间高手的描写,作者展现了他们持节不移的精神境界。他写乡村女性的命运,有多种视角,有美好的爱情,如《一九七二年的电影》中的郑梅和张玉厅因电影结缘、幸福一生;有情感错位的哀伤,如《菊花》中菊花与货郎李爱情的无疾而终;有爱情与婚姻之间的尴尬和无奈的抉择,如《游方先儿》中秀儿与游方先儿的偷情、果决地挥剑斩情丝及与不爱的丈夫大拐之间的纯朴之爱。而作者笔下更多的被侮辱和损害的乡村女性的命运,最为让人揪心和唏嘘不已,如《我们放羊》中的菁、袁芹等,菁经受不住初恋失败、高考落榜的双重打击疯了之后,又被坏人张七骗奸并杀死,袁店河畔的老妮坟,仿佛是乡村女人不幸命运的一个阴暗的象征。长春小说中乡村人物形象的纷繁驳杂,烛照出了过去一个时期中国乡村底层人物的不幸与坚忍。他笔下的这些小人物,虽然在现时代已经日渐消失,但却构成了林林总总、形态各异的“袁店河人物画廊”,业已成为研究乡村小人物生存状态和精神世界的标本。

长春的小说所呈现和剖析的是乡村生活的生动细节。用文字真实而生动地展现出生活的真实,是一个作家必不可少的基本功力,长春在这方面可谓是一个典范。他在小说中描绘了袁店河如诗如画的生态之美,有时候仅仅是寥寥数笔,便勾勒出鲜活生动的画面,如《袁世彪》中的“天上的云慢慢地走。河里的水哗哗地淌。坡上的羊咩咩地叫。树上的鸟啁啁地鸣”,如《菊花》中的“河水淙淙,苇叶青青,阳光明明亮亮地泼溅在水面上”,等等。这样的白描文字,在他的小说文本中随处可见。但这些优美的自然风情,没有使他的小说作品笼罩在诗情画意之中,反而却衬出那些乡村小人物命运的屈辱和悲情,这就是长春用笔的独到之处。他在小说中描写了诸多唱戏的动作和唱词,可见其对乡戏的熟稔程度非同一般,如《瞎爷》中写瞎爷在《战洪州》

一出戏中的出场动作:“瞎爷一连气地翻跟头,翻啊翻啊,原地不动地翻、倒着翻、单手翻、车轮翻、前后空翻,眼看就要翻下台来,身子一缩,大鹏收翅,定在台边侧身弓步亮相,一晃手中银枪,字正音润地甩腔……”读着这些文字,我们眼前就会自然而然地呈现出瞎爷这位武把式那一招一式的生动场景。他在小说中详细描述了袁店河的各类风味小吃,如袁店黄酒、王记羊脸肉、豆腐、火烧、烩面等。《李老四》中,他详细地写出泥鳅炖豆腐的做法:“泥鳅活洗放入清水,撒入细盐末,那泥鳅就不停地吐杂物;再换清水再放盐,如此三番,泥鳅腹内已净。再放入清水入锅,滴入酱醋,放葱姜蒜辣椒,放泥鳅,锅下生小火。泥鳅急窜,喝料水,放整块豆腐,泥鳅急钻入,隐于其中,暂避温水辣汤。大火,焖煮,鳅熟豆腐香。”由是观之,作者俨然是个做菜的行家里手。《许兆林》中,他写烩面的色香味俱全:“几片羊肉,几根菠菜,几点香菜,几珠香油,热热乎乎,汤汤水水,有荤有素,解馋饱肚。”看到他这些描写烩面的句子,怎能不让人馋涎欲滴?这些生活化的细节的生动而精确的描写,使长春的小说具有了浓郁的地方文化特色,也使他的小说具有了浓重的可读性与耐读性,并使他的小说饱含了长久的生命力量。

长春依然在外奔走、工作和写作,春花绿草、河水清澈的袁店河也依然流淌在他的生命和小说里。他对袁店河的情感无可替代,就像自己的父母无可替代一样。读他的小说,就像在读奔流不息的袁店河,有欢歌和欣悦,也有呜咽和悲伤,饱含着他对袁店河底层生活和小人物的爱恨、悲悯和歌哭。缅怀与书写,成为他对袁店河化解不开的情结。

2012 年 10 月 14 日

# 女性心灵历程的审视和独白

## ——评闫俊玲散文集《另一种痛》

不知你注意没有，近几年来，原本女性作家不多的南阳作家群中，突然涌现出一批年轻的女性写作者来。她们当中，有写小说的张天敏，有写诗歌的一地雪，有写散文的苏菡玲、花洲姝媛、王元、邱冬冬、闫俊玲等。这些女性作家，均以自己的创作成果，在省内外文坛产生着影响。作为一个个案，闫俊玲在散文创作的道路上进行着艰辛的跋涉，并结集出版了由著名散文家王剑冰作序的散文集《另一种痛》。

在这本散文集中，闫俊玲更多的是从她内心深处来观照女性的命运和心灵历程，并进行着有时诗意、有时惆怅、有时痛苦、有时爱怜的独白。作为一个女性作家，对女性命运和心灵历程的关切，也许比男性作家更容易深入和准确。因为对男性作家来说，对女性的解读只能是靠听闻和揣度，而作为女性作家来说，却有着切身入髓的体验和感悟，所以女性作家对女性命运和心灵历程的把握，也就往往能够抵达女性内心思想情感的最隐秘处，也就能够引起人们更多的共鸣。也正是由于女性作家对女人命运和心灵历程有着较高的熟悉程度，闫俊玲在她的散文中往往能够酣畅淋漓地进行表述，那精细入微的描写，把女性内心的向往、渴望、同情、感受、感觉等细枝末节，都一一呈现在了读者面前。这种极事铺陈的能力，既是女性作家的共有特点，也有着闫俊玲个人的风格。

闫俊玲的文学感觉是灵敏的。一场雨、一朵桃花、一池荷塘、与女友的一场谈话，以及女人的喝酒、吸烟等，都能被她捕捉来，经过心灵的浸润和诗情的感染，化作一篇篇情意深重的散文来。但这也许并不是最重要的，重要的是在她的这些散文中，她往往会通过自己的心灵和眼光，对女性包括自身的苦楚命运进行历史和现实的思索。这使她的散文具有了一种不同寻常的意义和价值。

作为一个女性作家，往往自身就是一本丰厚的、难以言尽的大书。对闫俊玲来说，这是她散文写作的一个重要的出发点。从她的散文中我们不难看到，她的奶奶、母亲、小妹、女儿、亲爱的丈夫或是被她单篇细写，或是总是在作品中出现；她的内心的感觉和情绪，也往往能够演绎出一篇篇精美的散文。她的这些散文中，往往透出一个女人的无尽的伤痛。丈夫去世后她写的《雨一直下》《抚不平的伤痛》等散文，写得情真意切，感人肺腑，这哪里是用文字写成的，分明用的是她心头滴下的浓郁的血。《心灵的声音》等散文中，她往往又会发出几声叹息："面对未知的风，瘦弱的翅膀多么沉重。"沉重的不仅是女性在现实生活中的特殊位置、特殊经历，关键是女性要比男性承受更多的思想限制和生活、心理压力，她们渴望自由和飞翔的翅膀往往要被现实的雨滴打湿，所以她们往往也要比男性承担更多的心灵痛苦。

闫俊玲对女性命运和心灵历程的关注，并没有仅仅局限于一己悲欢，她常常会把目光从个人的心灵伤痛中移开，去从更广的层面上描述。那些吃青春饭的女子的强颜欢笑，那些表面看似风光、幸福，实则背后满蕴辛酸和惶惑的官妻的无奈，以及女性在当今社会依然处于弱势的地位，都在她的作品中有所展现。这些描写，上升到了对女性整体命运的思考，对女性的生存走向有着更深的启示意义。

从闫俊玲的作品中，我们又能看出，她是一个知性和理性的作家。

她的散文中密布着丰富的知识，说起酒，她能引用李清照诸多的酒词、赵匡胤杯酒释兵权的故事、贵妃醉酒的佳境和李白“与尔同销万古愁”的豪放等；说起红颜祸水，她能从西施与吴王、小周后与李煜、杨贵妃与唐玄宗，一直说到李平与成克杰。从她的行文看，如行云流水，不蔓不枝，娓娓道来，堪称美文。行走在她的字里行间，犹如漫步在有几分优美而又有几分忧伤的风景画里。她对女性自身命运的思考，往往是理性的，没有抱怨，没有仇恨，“强者自强，弱者自弱”，充满着坚忍的承受能力。女性，拯救自己的，不是上帝，而恰恰是女性自己。

作为南阳作家群中女性作家的一个个案，闫俊玲走出了一条属于自己的散文写作之路。但作为一个年轻的作家，要想取得更大的成就，还期望她能够进一步地放开视野，将目光向生活的更广处、更深处掘进，也许这样会使她的作品显示出更大的气象。我相信，有着扎实文学语言功底的闫俊玲，能够而且也一定会在文学创作的道路上走得更好！

2007 年 3 月 15 日

# 善与恶的悖论

## ——读罗尔豪的短篇小说《千手观音》

我不认识罗尔豪，但他作为南阳作家群中较为出色的年轻写手，我却在不同的场合听说过他，听说过他的小说写得不错。而真正地了解他的小说写作，是我在最近看了他发表在 2008 年第 1 期《躬耕》杂志上的短篇小说《千手观音》。在这篇不长的小说中，作者以现实的眼光、悲悯的情怀、纯熟的技法，剖析了一位在善与恶之间游走，最终走向毁灭的年轻女子，在面对现实的苦难与心灵的痛苦时的挣扎与痛楚。善与恶集结在一位清纯的女子身上，读之不禁让人心生无限感慨！

妓女这个特殊的行业，在中国几千年的封建社会里曾经"辉煌"一时。新中国成立后，妓女这个行业又在一夜之间被取缔。随着改革开放时代的到来，妓女这个行业又死灰复燃，只不过现时代的妓女没有古时的公开化，而是以暗流的形态出现。君不见，在大小城市的大小街头，有不少挂羊头卖狗肉的场所，极有可能就是妓女、暗娼流动与卖身的场所。妓女之所以成为妓女，也许有各种各样的原因，但她们的目的都只有一个，那就是挣钱。钱，使人兽性大发；钱，使好好的人变成了魔鬼。

罗尔豪的《千手观音》，就把他的写作视角对准了这个特殊的群体，只不过聪明的他选取了其中的一个特殊人物。许影，一所乡村小学的教师，文静美丽，教学成绩很好，是全县的先进教育工作者，而在城市灯红酒绿的夜晚，她又是一个拿身体挣钱的妓女。她需要钱，她要用身体挣来的钱供三个弟弟上学，没有钱，贫困的家庭只能让他们辍学。这也许是荒唐的，但却是生活的现实。这真是悖论，善良的许影，是一位教师，但同时却又是一个妓女！

如果说许影能够在这样的生活悖论中平安无事地度过艰难时期，如果有一天她能够毫无麻烦地金盆洗手，她也只不过是在善与不道德之间周游了一番而已。妓女是不道德的，在世人的眼中甚至是下贱和无耻的代名词。为了洗刷自己心灵上的污点，许影把心皈依了佛门，那个千手观音就是她心中的救世主，她期望观音能够把她从心灵的地狱中拯救出来。然而，一切都有缘起缘灭，许多事情有了开头，并非真如佛家所说能够“放下屠刀，立地成佛”，相反却是如黄河水东流不复回的。许影的悲剧命运，就在于她一方面从事着这种职业，另一方面她又保持着俗世生活的尊严，一旦她的阴暗面公之于世，她也就无法再在俗世中生活。正由于此，当一个嫖客知道了她的真正身份，并以此不断地要挟她，摧残她，并让她做一个完完全全的妓女的时候，她最终忍无可忍，在他最后的肆虐中，她用刀杀了他。作为读者，无论我们对许影再怎么同情，也无法否认她从善良堕入罪恶的现实。

罗尔豪对这个故事没有平铺直叙地讲述，而是从不同的横断面和观照视角，多角度地展现了许影内心的心灵历程。故事的开头，猛一看像个侦探故事，但往下细看，无论是学校里关于信仰的争论也好，还是洗浴中心的身体交易也好，还是许影的网上独白也好，都是有关心灵的问题。从现实的角度出发，对现世中人的心灵的苦难进行深刻的揭示，使作品具有了控诉和批判的力量。

一个作家对现世的问题视而不见，他对这个时代就是不忠诚的。

平心而论,罗尔豪的《千手观音》是真诚的。经历过基层苦难生活的作者,也必当为基层的经受苦难的小人物着笔与呼喊!

2008 年 3 月 16 日

# 女子文章亦性情

## ——马蕾散文创作印象

在群星璀璨、乱花迷眼的南阳作家群中,我几乎没有注意过这个名叫马蕾的年轻女子的作品。几日前,水兵兄打来电话告诉我,一帮子文友准备推出一批南阳“实力派”作家进行宣传,让我给马蕾写篇评介性的文字。为了情谊,为了南阳文学的发展,我也就没有推辞。我这才想起,《南阳广播电视报》上经常发有她写的散文,给我印象最深的是一篇名叫“在江南守望一场爱情”的文章,文笔流畅,诗韵幽长,有几分幽怨,又有几分文气,有几分执着,又有几分洒脱,很耐人品味。很快,马蕾给我发过来了几篇文章,读了之后,我觉得并不过瘾,又在道胜兄的博客里找到了马蕾那个网名叫作“子夜吴歌”的博客,读到了她的更多文章,才对她的文章有了一个较为完整的印象。

我过去读了不少女作家的文章,三毛是纯情的,席慕容是充满佛性的,张爱玲是沧桑的,但马蕾的文章似乎与她们的都有很大的不同。从马蕾的文章中我们可以看出,这位熟读庄子、佛典、唐诗宋词、圣经等中外文化典籍的女子,生活中追求心性相通的朋友,眼中揉不得半点沙子;在属于自己的时间和夜晚,不辞艰辛,读书作文,用文字和思想,追求真、善、美,构筑了一个属于自己的文学世界。

马蕾的文字中，不论是写情感，还是说感悟，不论是观自然，还是述内心，都不是一个小女子的心胸和情怀所能容纳得了的，而是常常将感性、理性与知性融为一体，甚至带着几分男子的冷静与刚强。一个真实的女子，一个女子真实的文字，缠绕着浪漫与柔韧，体现着男儿般的真性情。这种性情文章，特别是女子的性情文章，是我所喜欢的。那种通篇充满着虚情假意、面目可憎的文章，不要说让我去写评介性的文字，即使按着我的头，我也是读不进去的。

作为一个女子，马蕾的文章不可避免地要涉及情感话题，像爱情、亲情、友情等。但难能可贵的是，她的文章中既充盈着深厚的感情，却又不滥情，而是显得很理性，该爱时就爱，该节制时就节制。她的多篇文章写到了爱情，写到了她对爱情的理解和体悟。她坚信红尘有爱。她感叹林徽因与徐志摩、金岳霖的情感，李香君与侯方域的情感，三毛与荷西的情感，她向往戴望舒诗中那悠长雨巷中的情感。在《厚重的感动》中，她充满温情地写道："爱的微风，永远是尘世间最美丽的那一缕；人性的美，永远是红尘里最珍贵的宝物。"在《温暖的爱情》中，她甚至言辞恳切地劝诫世人："这个世界上不相信爱情的人们，一定要相信她的存在与美好。"但爱情的捉摸不定，也使她满怀忧伤。《男人与女人》中爱情的变异，《在江南守望一场爱情》中爱情的无果，《那些关于爱的印记》中爱情的欲说还休，使她在看似洒脱的表面，却始终走不出爱情的迷茫，她在一篇文章中曾不无感叹地说："埋葬一段逝去的爱情，却永远不能够遗忘。"对亲情她是珍视的，《五月天空下的怀念》中有对女儿的深深思念，《与女书》中充满着对女儿成长的关爱和循循诱导。她对友情是爱护的，《落花时节又逢君》中与少年伙伴的真纯友谊让她难忘，《认真与敬业》中编辑的精心细致让她充满感激，《做人要厚道》中文友的淡然心境让她倾羡。一个女子的心底里，毕竟是要以情感做铺垫的啊，要不贾宝玉怎么会说"女人是水做的"呢？这种水做的骨肉，是一个女人的第一性情。

但马蕾又是一个与众不同的女子。她渴望爱情，但又不迁就爱情，经历了爱情的艰辛，每当想掉眼泪的时候，她又总是告诉自己必须坚强，在《溶进这黑色的夜》中，她满含辛酸地写道："哭过、失落过，终于还是拾起自己的心情，不肯回头地上路……我们的生命，还是需要自己珍爱着一点一点地走过。"她爱自己的女儿，但也不溺爱，既对女儿充满着无尽的期望，也对自己的教育方法进行了认真反省。她呵护友情，但又对朋友严格挑选，甚至是宁缺勿滥。在《生命的归属》中，她这样说自己对朋友的选择："……我就是这种脾气，合得来的朋友，纵粉身亦无以为报；合不来的，嗤之以鼻亦不以为惜。"由此，我们可以看出马蕾这个女子独特的个性，内心深处既充满着柔软与温情，又透射着坚强与刚烈。

不仅如此，马蕾文章的更深向度，是她对生活、生命的思索与彻悟。她虽然是一个柔弱女子，但她对生命、自由、时间等的感悟，却昭示了一个女子不同凡俗的精神境界。马蕾说自己是一个在岁月边缘上沉默寡言的人，但这种沉默寡言却使她在不乏诗意和感伤的文字中，寻找并发现了生活的乐趣与静美。经历了人生的种种，她忽然明白一个人，不论是男人还是女人，首先得为自己活着。我不知道她曾经经历过什么，但她那句"前半生，我为别人而活；后半生，总该为自己活"的话语，还是让我不由得吃了一惊，因为这里面体现了一个人对自身的珍视啊！在繁杂的尘世间，我们忙无头绪地工作和生活着，但又有谁能够想到这一层呢？终于知道为自己活着的马蕾，首先向往的是心灵的自由。《人生如戏》中，她在羡慕鱼和鲲鹏的自由之余，不禁也总想"让灵魂游走在自由的时空"。《恶之花》中，她知道自己力量的柔弱，管不了世间的诸多丑恶，但她自己要"做好自己。喝茶也好，饮酒也好，笑望清风共明月"。这种自由的境界，谁不向往呢？在自己向往与追求自由的同时，她也不愿去干涉别人的自由。《不读同事的博客》中，她说出了为什么不去干涉别人自由，因为"每个人的内心都有座秘密的坟墓"。在她看来，不干涉他人的自由和内心，其实就是对他人的尊重。不要说对同事和同学,就连对母亲那本《唐诗三百首》的秘密,她也从不去打探和过问。为此,她告诫自己,要“做那株莲,静美、出尘的莲。不受世风影响,亦不生出旁枝去打探青草的秘密”。马蕾又是心怀善念的,《与一个孩子的约定》中的信守诺言,缘于“不忍心去欺骗这双纯净到纤尘不染的眼睛”。马蕾也是深悟了生命底蕴的,在《清晨的快乐》中她说:“开心的、不开心的,结局都是简洁的轻快。”而马蕾最终追寻的,是人生的大境界:淡然,宁静,美好。她喜欢读书,在《年年岁岁一床书》中她说:“没有什么,比寂静更美好;没有什么,比寂静地阅读更美好。”她不怕时间的苍老,而且还“喜欢再大一岁,喜欢变老,老得风度翩翩”,甚至在人生终老的时候,“唇角仍然盛开着这极恬淡、静美的安详之花”。一个女子的人生彻悟,非有大修行,是达不到这样的程度的。做人如此,作文亦然。反反复复地读马蕾的文章,这种思索与顿悟对人生无疑是一种难得的启迪。

马蕾的文章大都不长,所抒写的也大都是生活中的点点滴滴,但在她这些短文中,却显示着深厚的文化底蕴。那些时不时在文中显露的与文化、文人有关的内容,以及引用的词章佳句,为她的文章增添了不少文气和雅气。一个读书不多的女子,在行文中是绝对做不到的。这也正应了那“腹有诗书气自华”的词句吧!

作为南阳新生代作家中的新锐,我对马蕾是充满期望的,所以我也不由得要说几句提醒的话。马蕾的文章我大都是在她的博客中看到的,虽然看得不是那么仔细,但我感到她的写作是随意的,信笔所及,都是她的心性的体现。因此,她能写出率性自然的文字,也因此,她的一些文章显得有点杂乱,缺乏精心的提炼与梳理。在这一点上,如果她能稍加注意,我相信,即使她信手拈来的生活随感,也会写成精美的篇章。

2007 年 5 月 1 日

# 平凡生活的淡雅凝思

——王元散文创作论略

在这个和平而又浮躁的时代，人们考虑得更多的是个人的荣辱得失，已没有多少人能够平心静气地坐下来，回忆些过往的旧事，思考一些生活中的问题。作为一个人到中年、生活平静安详而又酷爱写作的女人，王元耐得了寂寞和冷清，默默无闻地在散文的园地里持久地耕耘，竟也写出了一片自己的风景。《白云深处》《平和如歌》两本集子，就是她多年散文创作探索的结晶。

王元的散文中没有什么重大主题，无非是对女人心灵世界的探寻，对亲情和平凡人物的讴歌，对一草一叶、一花一木、一物一件、一山一水的感悟。王元的散文中没有流贯着汪洋恣肆的才气，也没有多少哗众取宠的辞藻，但她按照自己对生活的感悟和对散文的理解，淡然而执着地一路走来，用一个女人特有的文学眼光，平和从容地抒写着世间的真、纯、美、善，也钩织着一个女性作家独特的文学世界。

作为一个经历了几十年人生风雨、有着独立个性的女性作家，王元首先把创作的视角投向了女人自身，用充满理性的眼光，对涉及女人切身利益的青春、美丽、婚姻、爱情等问题进行了一一解读。在作品中，她在感叹女人人到中年青春不在的同时，更多的是对中年女人成熟和平和心境的赞美(《中年女人》);对女人的美丽,她有着深刻的理解,她认为一个女人外在的美貌终将会随着岁月的流逝而老去,只有内蕴的美才是长盛不衰的(《也谈女人"美丽"》);在爱情和婚姻中,她主张女人应该始终保持独立的人格,自尊、自爱、自立、自认、自强(《女人要善待自己》)。王元对女人自身的认知,既入情入理,又循循善诱,诚可作为女人生活的实用读本和指南。

女人是用水做的骨肉,世上没有哪个女人不是柔情似水的,父母、丈夫、儿女,没有不让她们时时牵挂的。作为一个女性作家,王元的散文中总是洋溢着浓浓的深情,这在她描写亲人的篇章中体现得最为明显。儿女的每一点成长,都让她欣喜不已,女儿考上大学,她激动得无法表述自己的心情,只是忙着为女儿准备着各种各样的在校生活用品(《放飞女儿》);儿子学习有了进步,她心中有说不出的喜悦(《家有儿子初长成》)。在王元的作品中,还有不少涉及到了夫妻情、同事情甚至普通人之间的深情厚谊。

王元有一双善于发现的眼睛,生活中一些细小的事物都能被心思细密的她随手拈来,化作一篇篇饱含意蕴的文章。一轮明月、一片绿叶、竹、牡丹、玉兰油、银杏茶、葫芦瓜等,都能化作一缕情思,熔铸在她的短文散章中,给人以哲思和启迪。游历了祖国的大好河山,在她笔下就会呈现出如诗如画的风景和历史的沧桑变幻。

作为南阳作家群中为数不多的女性作家之一,王元用自己的辛勤劳作,在散文这片园地里侍弄出了一株株散发着异香的花花草草。我们有理由相信,王元只要在知识的积累、创作的思路、思考的深度上再下功夫,她的文学创作将会达到一个新的高度。

# 舒缓流畅　韵致悠远

——评张天敏散文选《逝梦的河》

最近我仔细读了张天敏的散文选《逝梦的河》，感触很深。最吸引我的，同时给我感触最深的，是她的散文的叙述风格。她的散文叙述舒缓流畅，像一条波澜不惊、宁静优美的河流，明净洗练得像秋日里淡蓝高远的天空，给人的心灵以无边的安抚和熨帖。

这种叙述风格，体现在女作家对风景名胜沧桑巨变、今非昔比的刻画与感喟中(《故宫另面》)，体现在对生活中那些点滴的感人细节与情境的描述中(《小别之情》《雪乡的童话》《旧人》)，体现在对故乡的老房子、果树、花草等的细腻追忆与怀念中(《老宅院》)，体现在对佛、道的人文感悟和论说中(《阐释》《桃花庵斋饭》《世说花语》)。她总是站在一个独特而客观的角度，以沉静的目光观世思物，进行较为冷静的审视和倾诉，使作品更显真实，更贴近读者心灵。在对生活中的黑暗、丑恶现象进行描写时，她不是慷慨激昂、声色俱厉地大加挞伐，而是于不露声色的描述中，或揭示出问题的根源(《乡居札记》)，或道出自己的期待与希望(《小表妹》)。这种近距离生活、远距离观照的创作视角，是张天敏散文叙述平静舒缓的重要原因之一。

在她平静舒缓的叙述中，字里行间往往又弥漫着诗意的淡淡感伤与哀愁,阐释着作家内心深层的孤独。如:“那叫人动心又叫人灰心的叹息,风一样从宫墙角落漫上来。”“空气潮湿得仿佛一种心境,树枝间鸟声很稀,雨把鸟声也润得那么细滑,妩媚。”这种略显忧伤的诗意化注入与形象化描述,是张天敏散文叙述平静冲淡的另一个原因。同时,诗化语言对意境的铸造,使其散文显得血肉丰满,文笔委婉,思想内蕴较深,让人读后更有悠长隽永的回味。

张天敏的散文又远非那种仅仅书写个人小情小绪、面目苍白的“小女子散文”所能比及。她的文本中总是不时地闪现着冷静的沉思:“有的人一生陪着黄金死,都不曾走出他的堡。有的人虽走出城,来到山野,仍不曾走出他心里的堡。”这是对生命的深邃思考。“文学不是一张脸当船票,就能登上成名的客船。抹粉的脸要是一张船票,文坛就不会出陈忠实了。”这是对世象的揭示。“历史总是这么调侃,明清的人并不能进宫殿,走进来的却是隔代的游人。”这是对历史的喟叹。这种温柔女性的视角与思考,往往又不乏独到、深刻和苍凉,闪烁在她的文本之中,使她的散文具有了一定的思想容量与文化品位,使我们在阅读时,不仅能从中感受到女作家叙述的流畅、文笔的优美、情感的真挚,而且也能使心灵得到撞击与共鸣、警醒与启迪。

在当下日益浮躁的散文文坛上,已经很少有人能够以如此平和宁静的心态来叙述身边事、眼前景,抒写自己对社会、历史、人生的体察与认知了。这种叙述风格不仅体现出作者不媚俗、不流俗的虔诚的创作态度,而且反映出作者对所写内容的文学思考已经达到了一个相当的深度和力度。

# 倾力重现医圣精神

——评张天敏长篇小说《张仲景》

众所周知，张仲景是中国的医圣，也曾官居长沙太守，但因其对医学的痴诚和对百姓疾苦的过于关怀，致使他成为一个“怪人”，也使他的形象难以让正史瞩目，只能流落散失在民间的传说和百姓的深层记忆中。这就为后人再现他的故事增加了很大的难度。尽管如此，还是有人愿意克服重重困难，来精心雕琢张仲景那模糊而光辉的形象。这个人，就是医圣的乡人、女作家张天敏。

对医圣，天敏充满着难以释解的情结和深深的敬意，这其中最直接的原因就是医圣张仲景也是出生在南阳的邓州。这种敬意，化作了她创作《张仲景》的绵绵不绝的动力，使她能够饱含深情地活画出那个时代的一个“痴人”和伟人。天敏从张仲景出生写起，一直写到张仲景去世，写出了张仲景历尽磨难而痴心不改、潜心钻研医学、坚决与巫医迷信抗争、视百姓疾病为己任的一生。

对张仲景的描写，天敏没有陷入理性的泥淖，而是用她生动的文笔，将其放置到汉朝那个巫医盛行、民众愚昧的时代背景下，通过张仲景苦心孤诣大医境界的一个个生活细节，去展现他学医、行医的艰难。为了行医，张仲景不断地遭受恶人二郎神的追杀；为了行医，张仲景不得不颠沛流离、远走他乡；为了行医，张仲景只能将对恋人翠姑的深情深埋在心中；为了行医，张仲景不顾世俗卒吏的冷眼和嘲笑。而这所有的一切，都是为了一个崇高的目标：拯救民生疾苦。由此，张仲景这位坚韧不拔、心怀天下的圣人形象，就从尘封的历史记忆中，从几乎没有任何记载的典籍中，动人地呈现在了我们的面前。从某种意义上讲，小说《张仲景》就是对张仲景的一种文学铭刻和历史再现。天敏所塑造的医圣形象，将和世人对医圣的感恩与怀念一起长久地流传。

作为小说，《张仲景》有着极强的可读性。从作品的语言上讲，天敏注重大量地运用南阳的方言俚语，使故乡人阅读时有种亲切之感，使外地人阅读时会产生真实之感。从作品的线索上讲，天敏精心构置了仲景行医和翠姑寻“情”两条线索，相互交织，以翠姑的痴情来衬托仲景的痴医，并以此展现出了那个朝代更加丰富的生活场景，突显出了仲景内心的坚定。从人物形象上讲，天敏在重笔浓墨描绘张仲景的同时，还塑造了农民、巫医、恶吏、英豪等一大批生动鲜活的人物形象，使我们能够从这些人物身上感受到东汉末年天下纷乱、民生艰难的历史真实。

创作《张仲景》，天敏花费了大量心血，若医圣地下有知，定会因感念乡人的这一份苦心而含笑九泉的。毕竟，催促天敏完成《张仲景》创作的，不是别的，而是对医圣精神的由衷感动。

2007 年 1 月 3 日

## 突入内心的精神观照

——马萌小说的审美视角与文化指向

青年作家马萌的作品集《昙花就在今夜开》近期已由中国文联出版社出版了,主要收录了他10多年来创作的小说作品。说起“马萌”,读者也许比较陌生,但说起“闲愁”,读者恐怕都是耳熟能详的了。其实,这“闲愁”现出本相,就是“马萌”。他的《谁的黑夜比白天多》《昙花就在今夜开》《忧伤的八戒》等小说,以清新流畅的语言风格、忧伤凄美的精神观照和颇具个性的文化指向,赢得了广大读者和文坛的青睐和赞赏。每一个读过他小说的人,无不为他小说中弥漫的情绪、情感和情爱所感动。

马萌小说的集束式呈现,为整体地研究和评价他的小说提供了方便。综观他的小说,我们会发现,他的小说创作内容基本指向三个方面:历史(虚构)、记忆(童年)、现实(弱势群体)。历史在历史学家眼中是力求真实的,而在作家马萌眼中,历史却充满了虚构,但这些虚构的历史故事,却要远比历史本身丰润、耐读得多。因为在马萌虚构的历史故事中,不论是帝王也好,将军也好,还是美女也好,都是活生生的人,他们有血有肉,有爱有恨,有着无以伦比的道德操守和精神气节。对逝去的童年岁月,马萌有着刻骨铭心的记忆,在他的小说中复活为孩提时的各样游戏，化纤厂、杨树街、城西地带等生活场景，野狼帮、野猪帮等少年帮派，以及少年眼中的侠肝义胆、真挚情怀和无法释解的成长烦恼、心理困惑。对现实生活的关注，马萌更多的是从三陪女(《谁的黑夜比白天多》)、盲人夫妇(《我的眼里只有你》)、打工仔(《保安小武》)等底层弱势群体的身上和心中来表现，这些小人物身上凝聚着作家更多的关心、同情和伤感。

但无论什么题材，马萌都始终不渝地力图深入人物的内心和精神，抒写最能显示“人性深度”的“价值生活”——人类最隐秘、最微妙、最丰富、最广阔的情感生活，诸如人的爱、欲、感情、心理、情绪等(福斯特语)。这种对情感生活的挖掘和呈现，成为马萌小说最吸引人和动人的重要因素。在马萌的一系列虚构的历史小说中，他用现代的眼光和丰富的想象，还原了历史人物内心和思想的真实和渴望。《汴梁的天空》中，宋徽宗无心过问政治，更无意做皇帝，他只想潜心研究书画，他只想与他热爱的民间姑娘无双“已有丹青约，千年共白头”。但现实却让他亲爱的无双姑娘被一道矫诏秘密赐死，忠实的何公公也被太师杖责而死，他自己最后也成了亡国之君和阶下之囚。一个皇帝甚至连一个普通人都不如的无奈和伤感，以及丰富的内心世界和心理活动，在作家笔下被描绘得淋漓尽致。无独有偶，在《曼陀罗花》中，马萌写出了另一位亡国之君、伟大词人李煜的末世悲欢爱恨。李煜与大、小周娥的生死依恋、忠贞无二，和李煜眼中唯美、高贵的忧伤，“恰似一江春水向东流”。在马萌追忆童年生活的小说中，他往往用儿童纯真、清澈、善良的目光，去展示人物在美好情感与残酷现实之间选择的艰难和内心的矛盾纠结。《昙花就在今夜开》中，小双为了弟弟的幸福，不惜嫁给了化纤厂赵科长的痴呆儿子，而兄弟红旗为了保护喜爱的秋云姑娘，像昙花一样美丽灿烂了一回——那是生命的刹那绽放和永恒。姐弟情、爱情在马萌笔下写得有声有色、动人心弦、感人至深，像秋云滴到昙花上的眼泪。马萌对现实弱小人物的描写，更是灌注着他的深切同情和默默关爱。《谁的黑夜比白天多》中,作家借小寻之眼之口,对小双被现实所迫一步步从歌舞厅的服务小姐到三陪女的辛酸历程,无不充满着深深的关切和叹息。这种生活中如今已经常见,而很少有人深入细致描绘的生活,被马萌柔软的内心所捕捉,呈现给读者的是无限的惋惜和慨叹。

作为一个小说家,必须有自己独到的审美思维和审美视角,才能使小说具有更深的文化指向。马萌小说的审美艺术,打破了传统的文化心理,没有简单地用对或错、好或坏的思维来描写和潜在评价他笔下的人物,而是更多地从心灵的角度、情感的角度来展示人物的心理历程、性格裂变与命运变迁。《玻璃球之乱》中,红东喜欢玩玻璃球,这本是儿童的天性,但范老师扼杀了他的爱好,也扼杀了他童年的欢乐。本来老师要求学生好好学习与学生玩游戏并不矛盾,关键是没有采取适当的方法。在多篇小说中,马萌还写到一个叫红旗的男孩,他是野狼帮的帮主,但作家通过对红旗的一系列行动的描写和内心深处的揭示,却使红旗显得非常可爱和可亲,如《白河牌香烟》中他为小双报仇,《昙花就在今夜开》中他保护秋云姑娘,《永久牌自行车》中他对弟弟红东的亲情,无论红旗最终的结局是因与人打斗死亡还是坐牢,读者都能从中读出,他绝对不是一个"恶人"的形象,而是一个有情有义、侠义冲天的少年"英雄"。红旗也许一直就是作家马萌少年时心中真正的英雄。在《金色向日葵》中,马萌写出了杨梅的悲凉命运,遭受厂长儿子始乱终弃的她,由化纤厂最漂亮最有气质的女孩变成了玩弄男人的女人,在遭受游街示众后绝望地自杀。杨梅的人生变化是谁之过?杨梅之死是谁之过?马萌在小说中没有作更深的追问,但却体现出了作家很多的偎依、同情与期待,因为杨梅在他的眼中始终是高贵美丽的。

马萌的小说诱人的又一重要原因,在于他的语言是典型的青春语言,又带着浓重的忧郁和伤感。这表现在他不少小说的标题上,它们就是诗词或歌曲中的句子，他的小说中也常常穿插引用着诗词中的句子，这使他的作品始终笼罩在诗意的氛围中，也为他展现作品人物的悲剧命运营造了气氛。

马萌小说中化解不开的悲剧意识，使我们在阅读他的小说时总有种沉重的感觉压抑在心头。这种情绪与现实生活中幽默、风趣、豪爽的他形成强烈的反差。但马萌这种并不轻松的表达，却触及了历史、人生和世事的本质。文学的表达，其实就是用语言文字对心灵和精神的最深切的纪念和祭奠！

# 故土的守望　精神的漫游

——评王东照诗集《漂亮歌者》

青年诗人王东照在他的一首诗中这样写道："我依然钟爱着我的诗歌/把她写在寂静的夜里/写情感的细节/写浓浓的乡愁/写远近所有的怀念/然后接受鸡鸣的提醒……"这些诗句无疑是真诚的，是诗人的夫子自道和心灵独白，其实也正是我们解读他的诗集《漂亮歌者》的金钥匙。用这把钥匙打开他的诗歌之门，便发现诗人对乡村的深切忆念和对精神的执着追求，构成了他诗歌创作的两大支点。诗人由此而进行的挖掘与呈现，就构成了一个五彩缤纷的诗歌世界。

对于出身农家的东照来说，对乡村的忆念和摹写，是他诗歌创作的最初源泉，也是他进行精神宣泄、漫游的阔大领地。乡村惯常习见的事物：土地、庄稼、牛蹄、草帽、酸枣、山寨、村庄、祖父的酒壶、奶奶的墓地……乡村普普通通的人物：弟兄、烟农、菜民、割草的汉子、父亲、母亲、山妹……这些都被善于捕捉意象的诗人随手拈来，赋予其诗意的光彩和魅力。如"拾诗捡词的旅人/把一条条羊肠小道/或肥或瘦地吟哦成/山民们发愣的语言"（《山寨》）、"爷爷的皱纹/在夕阳里站成群山"（《为家族写生》）等。平凡的事物，经过诗人的情感选择、心灵观照和诗笔点染，就构成了一幅幅拙朴纯美的画面。这些诗歌，是诗人对故乡的真诚理解与彻悟。

诗人对乡村故园是热爱的，甚至有着“谁不说俺家乡好”的执着。这种浓浓的怀乡情结，在他的诗作里，有着更深的描摹和情感体现。如“一千次的循环重复/你还是走不出土地的掌心/你是麦地永生的情人”（《守麦者在望》）、“满怀一种敬爱丢弃皮鞋/丢弃诗集/走进村庄的瞳孔/在泥土芬芳的气息里/和村庄结拜兄弟”（《挟一本诗集穿越村庄》）等。这些诗句，传达着诗人对土地、乡村的钟情、热爱和敬仰，是一个顺利逃离土地的年轻歌者对土地与乡村的真诚倾诉与歌咏。然而诗人的乡村，在现实生活中依然充满着艰辛和苦难，对此进行的审视与呈现，成为诗人乡土诗歌的又一景观。如“昨夜，弟兄们又梦见母亲了/站在村口的母亲/正数着弟兄们深秋开学的学费”（《弟兄》）。诗人总是用简单的白描手法对生活场景进行刻画，有时甚至不惜以牺牲含蓄的艺术韵味为代价。

故乡之外，诗人对精神的渴望与追寻，特别是对爱情与诗歌的抒写、吟唱，成为诗人较为成熟的创作内容。诗人抒写爱情是发自内心的一唱三叹，诗人吟唱诗歌是发自内心的自我抒发。如写爱情：“屋檐下挂得高高的那部童话里/写满想你的诗句从此失眠”（《想你》）。如写诗歌：“我的诗歌站在马路中心/正以朴素的姿态回首往昔”（《秋日私语》），“丢下一管幽暗的曲子/一位女子正泪流满面/这时正有人竖起耳朵/与摆弄文字间/苦笑不是”（《深夜十二点》）……这里面，更多是人的主观想象的翔动和主观情感的浸润，爱情与诗歌都在他的想象中复活，而现实中却有更多的禁锢和枷锁阻挠着爱情和诗歌的自由行走。但无论想象与现实如何南辕北辙，诗人总是执着地“守住一盏灯/每个夜晚便这样安详地远离城市/沿着唐人的路/平平仄仄地走下去”（《守住一盏灯》）。这种执着得有点执拗的精神追寻，让我们不住感叹，特别是在当下精神与传统日渐被解构和风化的社会里，诗人的追求便显示出应有的价值与意义。这些诗句，应当是他诗歌中最见功力的作品,在艺术特色上还有诸多令人称道的地方。

其实,从某种意义上说,诗人也在努力做精神上的逃离,他依靠语言的冲突来维持诗歌的生存,甚至是带着伤痕和无法克服的缺憾,以自己的生命为赌注去尽力舞蹈,这更加表明了他对诗歌的表达和融入。“仿佛心已疼痛了很久了/雪,你是我唯一的病根”(《雪,你让我疼痛》);“我的胡须/已很久没有剔了”(《永远的男人》);“在公元一九九六年某个春日的台历上/已粘好一份昨天的遗书”(《无从说起》)。这些诗句,表面上似乎对生活持一种消极的态度,但实质上自始至终是充满预见性的,诗人把精神当作一种物体最大限度地放大并发掘出来,因为他必须完成他的精神消耗,在生命中最荒芜的时刻,贴出自己最明智的告示,以便给他在此背景下的那些孤单、郁闷、茫然和彻夜不眠的灵魂以少许的抚慰。我认为,这种存在正是当今诗歌中最本质的体现,就像亚里士多德的断言:“诗歌的精神和内核,是一成不变的。”也正是因为有这种不变的精神和内核,才使东照的诗歌创作具有超脱惶惑、痛苦和困境的动因,并使他在迷失和无序中托着“精神的灯盏”漫游诗歌的境地,诗人的情与爱、喜与悲、好与恶,便在汉字的字与字、行与行之间明灭闪烁……

# 儒眼观道心自凉

——评杨存德小品随笔集《儒眼观道》

说实话，过去我并不认识杨存德先生，知道他全因了文字的缘故。邓州才女花洲姝媛有一天电告我，说是她们那儿有位作家出了本新书，想让我看看。虽然自知水平不高，但朋友交代的事情我是不便推辞的。于是我告诉她，那就让他把书寄过来吧。这便是杨存德先生的小品随笔集《儒眼观道》。

《儒眼观道》是本薄薄的小书。接到这本书，我先是喜欢上了这个书名，因为这几个字很合我的心境。因为对作者不认识、不了解，翻阅这本书，我自然首先注意的是作者简介。书的封二上有存德先生的一幅小照，他四五十岁的样子，眉头上显露着一些皱纹，想必是经历了不少岁月的磨砺，自是透着几分沧桑。除此之外，他的这幅小照还有个较为明显的特征，那就是他还像许多文人一样悠闲自在地吸着烟，但与众不同的是，他是用我们现在早已不常见的烟斗来吸烟的，有点像鲁迅先生吸烟的样子，这又见出他的几分平静、平和的心态。从他的这幅小照片上显出的这些细节，我能够揣度出存德先生为什么能够淡定地写出这些文章，因为我们中国文人大都是讲“文人合一”“境由心生”的。

果然，在存德先生这些大都不长的论事说情的文章中，我深深地体味到了他由外及内的超然和洒脱。一个人到了一定年龄，经历了人生的风风雨雨，人间诸事自然看得就淡了，理解事物也自然不再像青春年少时那么冲动和偏激，而是处处显示着宽容大度和冲淡平和。我不知道存德先生以将近知天命的年龄，到底经历过什么，但人生经历虽因人不同，人生的阅历却会因岁月的流逝而日增。用一双儒眼来观看、洞悉人间万象，使存德先生的文章不时地闪现着他那颗丰富而宽广的善心和智慧之心。不以物喜，不以己悲，他只是用充满诗意而又生动形象的语言，来向读者讲述、阐释着种种一己的感悟和思索，给人以诸多的启迪和导引。

众所周知，儒文化是中国最为丰厚的传统文化，与道文化相比，二者在骨子里有许多相悖反的东西，比如儒文化强调入世，而道文化强调出世，儒文化讲究的是温文尔雅，而道文化讲究的是仙风道骨，等等。存德先生用儒眼来观道，的确是一种人生的智慧。虽然他在行文时也追求乐观向上，但他的文中又充满了淡然的心绪和心境。无论是说人生还是道世事，他都能够独出机杼，自出心裁，轻轻松松而又满腹诗意地向你讲述一番道理来。读之，如坐春风，如乘柳荫，如饮冰镇的啤酒，如在河边散步，一颗经常被凡俗琐事所缠绕、烦恼的心，会顿然释然、轻松和清凉。

写到这里，突然想起一首禅宗的偈子来："菩提本无树，明镜亦非台，本来无一物，何处惹尘埃。"世间许多的人和事，都需要我们用一颗平常心去揣度和体悟，如果一味地钻牛角尖，无论对人对己都是不会有益处的。我还记得徐志摩有一句关于爱情的话，他说："得之，我幸；不得，我命。"虽然有几分宿命和悲观，但事实又确实如此。当然，徐志摩本人在爱情上实际并不像他这句话所说的那么消极，无论是对林徽因还是对陆小曼，虽然困难重重，但他都显出了一个诗人的斗士风范。

有空读读杨存德先生的这本小书，我认为无论是对我们做人行事、丰富心灵，还是对我们在人世间更潇洒自如地行走都不无好处。“卧看天上云卷云舒，静观庭前花开花落”，无疑是人生的一种静美境界。像存德先生一样用儒眼观道，我们的身体、心灵和人生都将会更健康、更舒心、更美好！

2007 年 8 月 3 日

# 附录

# 张中坡的文学评论和散文写作

水　兵

一个半拉子文学青年为一位颇有创作潜质和成就的青年作家作点评,似乎有点不严肃或曰不自量力,正像一个刚学会走路的幼童去搀扶一个已能跑步的孩子,虽有点幼稚可笑,但天性的率真和童趣倒是难得的,而这或许也会成为一道特别的风景。

中坡是我在那个年代还能称得上大学的母校——原南阳师专的校友,但他晚我了好多年。校友即如同学、战友甚或兄弟姐妹一样,很容易就拉近了距离并天赐一种亲近感。他的文学创作之路和我的几乎一样,先从诗歌开始。大凡一个文学爱好者,从儿时或小学就会背诵几首诸如“鹅、鹅、鹅,曲项向天歌”或“床前明月光,疑是地上霜”之类的近乎儿歌的诗句,所以总认为诗歌好写,然而,有过一段写作史之后,才知“遥望诗歌近却无”。原来,真正的好诗,天性是灵动的、智慧的,是天才创造的。好在中坡转得快,之后便以关注“南阳作家群”的文学评论和极富情感和真诚穿透力的散文活跃于南阳文坛。而我认识并和中坡相识,大概是在2001年的秋天,吉林人民出版社的方城籍老编辑高振方先生应邀回宛,在宾馆他向我推荐了中坡的文学作品集《千年大雪》,而在两年前,我也在高先生的帮助下出版了我的诗歌散文集《家园》,由此,便拉开了我和中坡以文会友的帷幕。

关于评论,我固执地拒绝着评论者对作品的概括性复述,或摘句选段地对作品和作者作无原则的拔高、颂赞,更讨厌评论者不痛不痒的套话和空话。评论,应以作品为平台或载体,或从语言,或从结构,或从艺术与形式的结合,或从作者艺术创造的风格,或文本中蕴含着的石破天惊般的、太阳钻云破雾般的魅力的透视,阐述评论者自己的见识或见解。评论是评论者自己的,评论中有思想、有见地,而不仅仅是作品的附属、陪衬或一般性的阅读提示和解读。而中坡的评论,虽有上面提到的庸常,但已凸现出自己构建的思想和评论风格。他写南阳作家群中的行者,说从他的小说中"能够得到语言的开放性的诗性感染,而且能够受到对世界万般诸物的深邃思考,但过于冷静的思辨式和哲学式的叙述方式和叙述语言,使行者的小说情感浸润不够"。他说行者的小说面貌,对读者和评论者来说都是极为陌生的,像爱尔兰作家乔伊斯一样。"语言的诗性思考""最大限度地消解小说的故事性和刻画人物的功能""行者独行"就是中坡对行者小说的个性把握和思考。他说刘正义的创作是"生存的真实与写作的真实"。他说李雪峰的乡土散文是"诗性与哲学的村庄"。他通过读王俊义散文集《村庄与时间》,感知着一个作家应有的创作观念:一个作家是有地域性的,一个作家的生活环境是有地域性的,但一个优秀的作家是没有地域性的。

关于散文,应是敞开作者心扉的情之裸美。追忆、缅怀、怀旧、恋土、伤逝、惦记,刻骨的亲情、友人的情谊、先贤的风范、历史的沉思、人生的价值、男女的相思、情感的宣泄,都可自然出之,动之以情,晓之以善,杂以些许的暗示或想象,就是散文。然而散文若一味陷在家庭生活的苦与乐、一事一物的私人感受上,或是"日常生活审美化",无异于"情欲的尖叫"或是叫春般的愤闷。而对社会大变革大转型期体制的优劣、思想道德的审视、信仰和对真善美的构筑、自由人性和心灵的追求、诗意地居住等人类向美好、终极目标迈进的大声音,在现世的创作中却寥寥无几，美文或风雅有之，但风雅多而风骨少。鲁迅先生在那个复杂的乱世就点破了文学家的责任和创作的秘诀。先生说："诗是血的蒸汽，天国的极乐与地狱的大苦最易激发诗情。"他还说："能杀才能生，能憎才能爱，能生能爱，才能文。"好的散文，应该使人的性情变得善良，富有关怀、怜悯和忏悔之意，而对不和谐的社会体制和对人性的倾轧，敢于说"不"并成为"血的蒸汽"。散文是抒情的，但散文并非一味的软绵绵，散文骨子里蕴藏着火。

中坡的散文语言口语化，叙述平淡化，布局画面化，看似平淡、朴白、纯净水般简洁透明，但却极具真诚和情感的穿透力。我从他新近出版的作品集《内心的动荡与回响》第一辑《遥望情感》一栏的散文标题中就可略窥一斑，《怀念乡土》《乡下的母亲》《想念女儿》《曾祖父的土坟》《宛西弟兄》《一条雪莲烟》《乘着月光回家》《穿过幽静的小巷》等标题中就蕴含着浓浓的情感。但我们千万不能从标题的简约和直白中，忽略了作家极具个性的思想情感。中坡在《怀念乡土》中写道："有了土地，只要我们不惜劳作和汗水，我们就会不愁吃喝。而在城市里，如果我们没有一份工作或生意，那就只能坐吃山空、穷困潦倒。在有风的日子里，随风起舞的玉米林是乡村最美的风景。而城市灯红酒绿的背后，又隐藏着多少邪恶和肮脏的交易。何时，城市里也能吹进乡村清纯之风？"一段大白话的叙述，却是多么厚重和深刻，这里面有对生存富含哲理的思考，有对美与丑、善与恶的清醒观察，更有对世间美好东西的善良祈盼和渴望。正如中坡自己在作品集的自序中所写："我是一个非常注重情感的人，我爱我的亲人们，我爱我的朋友们，是他们的存在，才让我感到了活着的温暖、活着的意思。所以，我常常用文字来表达我的感激。""做一个内心善良的人，坚持不间断地写作，写出做人的良心与尊严，写出生活的静美与质朴，写出感动自己也感动别人、启悟自己也启悟别人的优秀文章，成为我为人和写作的最大追求。"

中坡是个不为世俗所诱，性格内敛但内心十分坚强的人。记得

2006年秋天在鸭河召开文学论坛,散会后几个年轻男女文友另约去方城小聚。去方城的路上,我担心一个行政秘书太破费了会影响家庭生活,就没有商量地拨叫了一个较富裕的文友的电话。中坡听后大为不快,红着脸、坚决地阻止我,说,海军哥太小瞧人了,今天咱们文朋诗友、兄弟姐妹们相聚,即使我全花了这月的工资,也要尽回"地主"之谊。并慷慨地在一相当好的酒店要了桌酒席。中坡还非常勤奋,办公室日常工作是繁忙的,他却在别人打牌、喝酒、神侃海吹的闲聊中挤出时间,大量阅读中外大师们的经典之作,关注着本土作家们的新创之作,并以不少的创作篇目展示着自己的才智和思考。南京大学文学博士,现供职于《解放军报》文化部的文学评论家张书恒先生是他文学上的引路人。记得在今年春天一次宴席上,书恒先生给予了中坡很好的评价,说他很勤奋、很朴实。我想,这"勤奋、朴实"是传统意义上的褒义词,但背后也隐含着"庸常和平凡",希望中坡不但勤奋,还要灵动。文学创作是十分个性化的,文学评论要站得更高;而要成为作家们的作家,更要有独到的见解和更多的文学思考和引领。这不是苛刻和独对中坡的压力,而是一个真正的评论者必须具备的。

人类和社会的文明传递,对真理的无限探索是永无止境的,而亲近文学终极是"为了人类日臻美好"(周大新语),在这条追求和探索的道上,我已有兄弟死在路上(兼祭朱景涛君)。这里,让我们因文学而怀念,也因文学而流泪、而幸福。

2007年春末于南阳

[水兵,本名乔海军,男,20世纪60年代出生,河南省唐河县人。现为河南省作家协会会员,中国散文学会会员,《躬耕》杂志编辑部主任,南阳市卧龙区作协副主席。"南阳作家群"十位青年作家之一,南阳市首届签约作家之一。已出版有作品集《家园》《望乡》《南阳,从你美丽的源头》《五个人的天堂》《山之南,水之北》和南水北调大移民长篇报告文学《碧水壮歌》(与人合著)。]

# 固守执着的践行者

蓝　风

当今金钱权力社会,人们多将挣大钱和做大官作为实现人生价值的标志,而乐意读书和侍弄文学的人是愈来愈少了。至于身在权力机关工作又喜欢读书和写作的人,就更是凤毛麟角了。张中坡就是其中的一个。

我和中坡结识很早,过往不多,只是三五封稿件来往、一两次笔会聚面,然寥寥交往中,却总觉心有灵犀,感情极近。这许是人们常说的神交吧!说到原因,可能有以下两点:一是为文的路子相近;二是为人的调子无别吧!

先说为文。中坡和我一样,也是主务创作,兼作评论。南阳作家群中,写小说、散文、诗歌的不少,但是评论家却为数不多,而既搞创作又写评论者,也就更少了!为何评论家少,既搞创作又写评论的更少?盖因评论难写,评论家难当,而创作、评论两者兼顾更难是也!作家的创作是由内向外的劳动,想写什么由心而出,由手而成,最后交给读者的;评论家却是由外向内的劳动,先要阅读、进入作家的作品,然后才能心内构思,谋划成篇,更不用说大量的阅读、积累、更新所花费的心血和时间呢!而创作兼顾评论者,就是一种由内及内的劳动了。何为

“由内及内”？即以一个创作者的经验和心态，去揣摩、评价另一个创作者的作品。这样的劳作所花费的心血，不比作家创作一篇作品少，其阅读、积累、更新所花费的时间和精力，也和纯粹的评论家们差不多。这样的整法，是否更不容易一些呢？尽管如此，中坡仍然乐此不疲，而且作品和评论都写得很好。也许正是他兼写评论的缘故，他的散文既文笔精练、感情诚挚，又充满强烈的理性色彩；同样由于他也搞创作的原因，他的评论也写得既简洁明快、条理清晰，又蕴含着浓郁的情感韵味。这些，恐怕是不少人难以做到的吧？

再说为人。这个话题不用多讲，只用说说中坡的经历就行了。试想一个农家子弟，千辛万苦跳出农门，大学毕业后进入县府工作，后因才名文名辗转到了南阳，不想几经周折之后，又茫然回了始发之地。中坡这样的遭际，文友们无不为之惋惜的。且不说在县府机关混迹多少年，好不容易碰到机遇回到南阳，这千载难逢的机会任谁都会抓住不放的。然而中坡却没能抓住。这其中的原因是什么？天知地知大家知，中坡自己也心知肚明。但是知道原因又不屑于为之，一个人的人格、操守就出来了。不了解中坡的人会讲，这人太傻太笨了，怎么这点小事儿都摆不平？知道中坡的文友们则说，中坡的性格太直太硬了！这一个“太直”和“太硬”，表面是贬义词，实际是褒义词。何以见得？这个“太直”，就是固守良心的操守；而“太硬”则是保持人格尊严的底线。实际像中坡这样的机会，放到今天的一些人身上，就会利用种种不合法但却合情合理、人们都已经司空见惯默然认可的方法和手段，让自己居留南阳的。但是中坡却不愿违背自己的良心，去投机钻营讨其所好，以讨得某些势利者的欢心；更不肯抛却自己的人格尊严，去吹去舔去拍去送，以换取某些权欲者的“恩赐”。如此，中坡的遭际到底是愚是智？抑或是悲是喜？就看你如何理解了！

中坡的为文何以如此之执着？他的为人又何以如此之“硬直”？实际上中坡已经给我们做了明晰的回答。他在其《内心的动荡与回响》一文中这样写道："做一个内心善良的人，坚持不间断地写作，写出做人的良心与尊严，写出生活的静美与质朴，写出感动自己也感动别人、启悟自己也启悟别人的优秀文章，成为我为人和写作的最大追求。""我是一个非常注重情感的人，我爱我的亲人们，我爱我的朋友们，是他们的存在，才让我感到了活着的温暖、活着的意思。所以，我常常用文字来表达我的感激。"中坡的这段话，是说自己为文的挚求，也更是自己为人处世的准则。这样的执着与准则，当今时代还有几个人能够做到？

记得有句昭明于世的名言："真理往往握在少数人手里。"试想当今纷繁如烟、眼花缭乱之社会，更何尝不是如此？褒扬真善美，贬抑假恶丑，倡扬道德与良心，抨击媚俗与邪行，历来就是仁人志士的明智疾呼和现今社会舆论的主旨诉求，然而掀开历史与时代的书页细细究读，又有多少人愿意并且能够做到这样的挚求？恐怕只有占人口比例极小的宗教中人和千百万所谓文人中的少数精英吧！至于说我们的众多"作家"中，谁有可能成为真正的作家与精英，那就自己去对位思量把握吧！

极其幸运的是，在当今时代铺天盖地的商品大潮中，我们的社会还有这样一些始终清醒着的精英分子，仍然在孜孜不倦地挚求着真善美，孜孜不倦地倡扬着道德与良心。尽管他们的人数极少，但真理却握在他们手里。只要有这些人在，我们的社会就有希望，我们的人类才有可能变得愈加美好。

这些极少的人里面就包括了"作家"。虽然现在的作家已经变成了边缘群体和另类，但其存在的价值却不容忽视。人活着是要有精神的。只活在财富和权力的旋涡中，他只是金钱和权力的巨人，但却是一个精神的侏儒。而宗教家和真正的作家虽然可能一贫如洗，但他们却是精神上的巨人！

中坡在追求精神和文学的路上已走了很远，并且为坚守自己的良心、道德底线以及为人的原则，付出了沉重的代价。这样的创痛对于世俗意义上的生存境遇，可能是一个不小的损失，然而对于精神层面上的文学来讲，却也未必就是坏事。他近年来的作品愈写愈多，愈写愈好，就是最好的明证。

我们诚挚地期待着，中坡能在精神和文学大道上，走得更远更好！

2006年12月30日于宛

[蓝风，本名宋云奇，男，生于1955年，河南省南召县人。现为河南省作家协会会员，《躬耕》杂志常务副主编，南阳市作家协会副秘书长。已出版有长篇小说《蓝色寓言》，中短篇小说集《疯狂记忆》《城市的狗》，散文随笔集《飘飞的灵魂》，文学论著《情爱物语》和文学评论集《走近南阳作家群》。]

# 盆地边上的守望与解读

## ——评张中坡散文随笔集《写在盆地边上》

陈立红

当今文坛,文学批评呈现出"批判"和"评述"两种大相径庭的向度。前者是剑拔弩张的"大批判"文风,如"作家批判书"系列,虽然也指出了不少创作问题,但总给人以耸人听闻、哗众取宠的感觉,许多结论也是以偏概全,不那么令人信服。后者侧重于作品的分析与评述,阐发作品的主题和意义,如报刊书评一类,但对作品存在的问题或局限往往一笔带过,甚至避而不谈,让人觉得广告的嫌疑比较大。在这两种评论向度之间,应该还有一种更加客观、从容、理性和深入的向度,这无论是对被评论者还是对文学事业以及一般读者,都是大有裨益的。在南阳青年作家群中,"70后"张中坡以文学评论见长,他深入细致的分析和扎实厚道的文风,给我留下了深刻印象,是一位特点比较鲜明的青年评论家。

上月末回方城办事,见到神交已久的张中坡——这是我们在互联网上联系两年多后的第一次晤面,看到了他的散文随笔新著《写在盆地边上》,进行了比较深入的交流,对他的生活、工作和创作有了较为真切直观的了解。《写在盆地边上》是张中坡继《千年大雪》和《内心的动荡与回响》之后的第三部作品集,分"萍踪心影""情系家园""故人忆旧”“浮生闲思”“回味经典”“解读宛军”“醉看文友”等七辑。其中约有一半的文字是解读南阳作家及作品的文学评论，对刘正义、盛丹隽、水兵、苏菡玲、崔鹤、一地雪等20多人的小说、散文和诗歌进行品评，见解独到，分析深入，论述充分，对多种文学体裁的批评均驾轻就熟，显示出良好的理论素养和扎实功底。特别是对于一个青年批评者来说，在浮躁喧嚣的快餐文化充斥视野的时代，能够摒弃虚张声势，而以日臻老到的文风和心态研究评论当下的文学作品和现象，确实非常难得。

从张中坡的文学评论和散文随笔中，我感觉他像南阳文学的一个真诚的守望者，站在盆地边上充满感情地守望着南阳文坛的风起云涌，用自己的学识和辛勤劳动阐释着南阳作家作品的生活万象、人生况味、情感世界和精神向度，记录着所见所闻所思和灵魂深处的震撼与感动。这是一种甘为他人梯的工作。对在政府办工作，公文写作任务日益繁重的他来说，这还是一项忙里偷闲的业余劳动，无疑需要巨大的热情和持久的毅力。在文学作品乏人问津、媒体舆论可以左右人们的阅读趣味的当下，真诚透彻的文学批评体现的是一种崇高的责任，是一种来自第三方的对作者和读者共同的关切与提示。著名诗人王怀让曾呼吁：“对青年诗人，不仅要鼓励，还要鼓吹。”我很赞同这个观点。在这一点上，张中坡虽然还不是著名的青年评论家，也不具备媒体资源优势，但他仍在网上挑灯读着品着写着评着，他的评论对激励南阳青年作家的成长和成熟，确实发挥了十分独特的作用。在这个品评交锋过程中，他自己也在不断成长，理论视野和水平得到快速扩展与提升。在文学日益功利化的当下，这种不计报酬相互激励共同进步的动人画面，在全国已非常罕见，尤为值得珍视。

《写在盆地边上》是一个颇有意味的书名，它蕴涵着张中坡对家乡的一腔深情和自我期许。方城县是张中坡成长、生活和工作的家乡，位于南阳盆地的北部边缘，从三国火烧博望坡遗迹就可触摸到方城历史积淀的厚重和温度。他的散文随笔多着墨于身边的事物，包括“山水、家园、世情、人文与读书”，可能是专注理论的缘故，总有更深一步的挖掘和发现，非常难得。从《炼真宫的爱情悲剧》到《探秘佛沟摩崖造像》的历史沧桑，从《望花湖的春天》到《德云山上的大风车》的现代意象，从《远去的外婆》到《人生易老天难老》的对生命流失的怅惘悲悯，从《一条狗死亡的两种述说方式》到《怀念农村那些消失的牛们》的自省忧患，在深情动人的叙述言说之中，蕴涵着比较深入的理性思考。从地理位置上讲，他说自己处在“盆地边上”，是一个客观的描述，而主观上表达的却是一种谦虚。言下之意是，自己的作品只是“边缘性”文字。但是，对现当代文学稍有了解的人，一眼都能看出这个书名所蕴涵的深长意味。因为它是从一代文学大家钱钟书的著名散文集《写在人生边上》借来的。向文学大家学习和看齐，这样的谦虚，其实暗含着青年作家的自信和自我期许。张中坡在自序中说：“我常常站在盆地边上眺望，眺望盆地内外，眺望人心内外，眺望文字内外。”在他自我定义的“边缘性眺望”中，其实蕴藏着“进入中心”的巨大期望或者野心。这种狂野的志趣和追求令人赞赏。

一个评论家学术地位的确立，不但要有几篇匠心独运、振聋发聩的论文力作，还要建立独具个人特色的理论体系。作家靠作品说话，评论家亦然。张中坡是“70后”青年评论家，非常年轻，这是一个很大的优势，如何在繁忙的工作之余抽出时间继续学习深造，如何在散点透视南阳文学的过程中，找到基于中国文学视野构建理论专著的途径，这对他今后的学术道路将产生重要影响。让我们拭目以待。

[陈立红，男，1966年9月出生，河南省桐柏县人。毕业于郑州大学中文系作家班。现任团中央“我们的文明”主题活动组委会、中国青少年社会服务中心信息部部长，“民族魂”“血铸中华”网站执行主编，中国青少年广播网总编辑。已出版诗集《文明的呼唤》《现实的背影》和长篇小说《桐柏山寨》（与人合著）。]

# 何当共剪西窗烛

马 蕾

文学为因,相识是果。我与张中坡的结识印证了"因果"这一佛教的基本原理。

真实女子,性情中人,带几分男子的冷静与刚强,这是张中坡笔下的我,其实应该是他想象中的我。看过中坡的《女子文章亦性情》,我揉了揉眼睛,始终不能相信那么美好的女子竟然是我!但是我叹服他判断力的准确,因为毫无才华的我,确实是真情真性。那一刻,素未谋面的张中坡成了我的老师,也成了我的朋友。

然而,我的想象力异常贫瘠,中坡在我贫瘠的想象力里面只能成为一介书生,被我固执地想象成蒲松龄笔下的那种文弱书生。直到他的作品集《内心的动荡与回响》辗转而至,首先他扉页上称我为"先生"足以羞煞一介小女子,这必是一位有胸襟、懂谦逊的文人。

读罢他的文集,我给他发了一条短信:"于我心有戚戚焉!"大概我们都是从政之人,中坡的遭遇、生活,我都懂得。因为太懂,所以多年来我选择沉默;因为太懂,所以多年来我逐渐淡泊。如今,中坡的文章再次掀起我无数的慨叹,对残酷的现实、对灰暗的人生、对多舛的命运。

中坡像很多人那样从乡村走入城市，却无法真正融进城市，哪怕是粒微尘落入河流，沉淀成河床微乎其微的一小块儿。“城市没有生长的土地，没有青青绿绿的庄稼，更缺少温情的抚慰！”尽管我从小就生活在城市，但经历过人情冷暖、世态炎凉之后，我雪藏了自己温热的心，宁愿让它冻结成南极永不消融的冰柱。这样想的时候，生在农村和生在城市的人，有什么分别呢？中坡“质本善良的心灵，在僵硬冷漠的城市中被碰撞得七零八落、伤痕累累”，可他再也回不到乡村，那里已经没有他的一分土地，他“只能在城市里无根地漂泊”。

漂泊的命运有时就像一场突如其来的大水，《轴承厂的大水》，柔软而锋利的大水毫无情义，它们借着暴雨的力量宣泄着大自然对人类的鄙视与惩罚。灾难面前的人类终于学会彼此拥抱，相互帮扶。中坡笔下的这场灾难，让我看到一个直面困苦而毫不沮丧、抱怨的书生，让我看到一个珍视生命里种种磨砺、依旧昂然于生活之巅的书生！

中坡热爱时间意义上的黑夜，痛恨历史上的黑夜。历史上的黑夜带来扭曲的人性，迟滞了人类和社会前进的脚步，所以他由衷地希望“属于历史的黑夜少些再少些，最好是从历史的长镜头中消失”——铁肩担道义，妙手著文章，这才是文人本色！灵魂游走在时间意义上的黑夜时，中坡读写、思考，攀爬精神的高地，追求更崇高的境界。于是，黑夜里的中坡文思如泉、妙笔生花，我才得以追随他的笔调走进他的人生，让充满积极向上的感动冲击我心灵的海岸。

鲁迅先生曾有诗云：“无情未必真豪杰，怜子如何不丈夫？”尽管中国男人最善于隐藏自己的情感，中坡却不。他想念自己的女儿，女儿被送回老家，“走了才不到一天，我和妻都像失去了魂魄，家里冷清得仿佛又回到了冬天”。他想念自己的妻子，在《乘着月光回家》中，因临时加班而放弃回家的打算时，中坡的心境由喜悦低落到惆怅；领导通知“会议时间没有最后确定，你可以回家了”，中坡如释重负地迅速乘上返回县城的汽车。车上的中坡，思念妻子那双大而圆的眼睛，“水汪汪的，就像月光一样纯净而透明”；婚后妻子独自照顾女儿、料理家务，承担生活的负荷时，中坡心底无限愧疚，他会落泪。“男儿有泪不轻弹”啊！这泪水里该蕴涵着一个男人多么深厚的家庭责任感和脉脉温情。

高尚的灵魂都是孤独的，正直、善良的中坡必定如是孤独着。然后他无根地漂泊在孤独的尘世上，试图寻找一个载体，能够承受文弱书生内心深处悲悯情怀和厚重忧伤的载体。文学，最终成为中坡的灵魂载体，虽然文学带给他希望、失望，甚至他也产生过放弃的念头。这种感觉，只有真心从事文学事业的人才会彻底懂得，因为这项事业艰难而寂寞。中坡终于坚守住了文学的阵地，并且成绩斐然。作为友人，我为他取得的成绩欣喜、骄傲，我更希望这位“年过三十的男人，用生命的犁铧，去翻腾出一派充满丰厚底蕴的人生。用一份实实在在的事业去照亮自己的心灵空间，去充实这个时代人们越来越虚妄的想望”！

忽然想起李商隐的一句诗，送给亦师亦友的张中坡最合适不过：“何当共剪西窗烛，却话巴山夜雨时。”盼望聆听师友热忱的赐教，感念中坡在文学路上给予我的支持、鼓励，这句诗将成为我心底小小的想愿，长至一生的想愿。

2007年7月28日

［马蕾，女，南阳“70后”新生代女作家，河南省方城县人。］

# 后　记

张中坡

创作和评论是文学的双翼，缺一不可。

新时期以来，南阳崛起一个作家群，众多作家犹如天空中闪耀的群星，熠熠生辉。多年来，南阳作家作品日益引起评论界和评论家的关注，南阳内外的评论家先后出版了《南阳当代作家评论》《文学的星群——南阳作家群论》《走近南阳作家群》《二月河历史叙事的文化审美建构》《解读发生》和《见证风雅》等研究专著。但实事求是地讲，文学像其他事物一样，都需要薪火相传、持续发展，“南阳作家群”也不例外。因此，对南阳青年作家的培养和支持一直成为社会各界持续关注的话题。

如果说南阳有个作家星群，那么本书作者就是一个二十年如一日仰首守望这个文学星群特别是青年作家星群的人。在南阳为数不多的操持文学评论的人员中，作为与南阳青年作家同时起步、成长起来的笔者，在坚持自身文学创作的同时，与南阳青年作家同呼吸、共命运，以关注、研究南阳青年作家作品为己任，持续发表了众多研究、解读、品评南阳青年作家作品的理论文章，略得南阳文学界和理论界的关注。

出于对南阳文学薪火相传、助推南阳文学持续繁荣发展的热切期盼，本书主要汇集了笔者20年来守望、研究南阳青年作家作品的理论成果。本书主要分为两大部分：一部分为“述说文友”，收集了笔者2008年创作的对10多位南阳青年作家作品的述评，这批文章写得比较感性，文中有对与文友交往及其性情的记述，也有对其作品的品评，当年多数文章被《南阳广播电视报》连续推出后，引起不小的反响；第二部分为“解读文本”，收集了笔者对南阳众多青年作家作品的评论文章，这批文章大部分曾在《青海湖》《躬耕》《南阳日报》等刊物上发表，伴随着南阳青年作家走过了执着而又艰辛的成长历程。

这次笔者将20年来创作的南阳青年作家作品评论汇集成册，命名为“守望星群”，既是对过去20年守望南阳文学星群的深情回望，也是对南阳青年作家作品研究成果的一次集中展示，想必会对进一步宣传、推介和激励南阳青年作家的创作，推动南阳文学实现科学发展、持续发展，具有一定的现实意义和历史影响。

最后，真诚感谢南阳市这次扶持南阳青年作家出书的行为，并把我的这本评论集子列入其中；真诚感谢一直以来关心我的文学写作的各方朋友！

助跑南阳文学，虽为我力所不逮，但我仍将不遗余力。

好好写作，好好生活，因为我们仍需拥有梦想。

2013年11月24日